KB176997

————— 날마다,
자개

날마다,＿＿자개

공상과 상상,
오색찬란한
빛의 열두 달을
수놓다

＿＿＿＿ 강명효

싱긋

어떤 행위를 날마다 한다는 것은 어떤 의미일까? 날마다 잠을 자고, 날마다 이를 닦고 세수를 하고, 날마다 밥을 먹고, 날마다 옷을 갈아입고······ 이런 반복적인 행위는 삶을 유지하기 위한 가장 근본적인 것이다. 그래서 '날마다', '매일', '늘', '항상'과 같은 부사는 잠자고 세수하고 밥을 먹는 그런 당연한 행위에는 붙일 필요가 없다. 날마다 밥을 먹지 않거나 먹지 못하는 상황, 날마다 잠을 자지 않거나 잘 수 없는 상황이 생길 때 삶은 위태로워진다.

굳이 '날마다'라는 단어를 붙여 무언가를 한다는 것을 드러낼 때, 이때의 '날마다'라는 단어의 의미는 무엇일까? 어떤 행위를 하루도 빠짐없이 날마다라는 문자 그대로 한다는 것이 아니라 자신의 삶을 이끌어가는 가장 큰 동력이 되는 그런 행위를 한다는 것을 강조하는 것일 터이다. 그런 의미에서 지금의 나에게 '날마다'라는 단어 뒤에 붙일 수 있는 것은 '자개'이다. 이렇게 내 삶에 '자개'가 따라붙기 시작한 것은 불과 5년여 전부터이다. 그전에는 '자개'가 아니라 '출판기획'이었고, 그 이전에는 '국문학'이었다. '자개'와 '출판기획', '국문학'은, 그 일을 좋아했고, 그 일을 하면서 힘들기도 했고, 그 일로 성장했으며, 그 일 속에서 새로운 꿈을 그렸고, 그 일로 돈을 벌어 그 일을 하는 동안 먹고살았기에 '날마다'가 붙어도 모자랄 것이 없는 일들이었다.

왜 '날마다, 나전칠기'가 아니라 '날마다, 자개'인가?

　나전칠기는 함이든 장롱이든 책상이든 혹은 그 무엇이든 자개를 붙이고 옻칠로 마감한 전통 공예를 말한다. 나 역시 책상이든 거울 프레임이든 벽걸이든 브로치든 자개를 붙이고 옻칠로 마감하는 나전칠기 공예를 하고 있다. 또한 함이든 앉은뱅이책상이라 할 수 있는 서안이든 그것 역시 전통 소목 기법으로 직접 만든다. 소목도, 나전칠기도 배웠지만 여전히 배우고 있다.

　소목, 나전칠기와 같은 전통 공예는 그 기법을 배우고 한 번 해보았다고 해서 바로 공예가가 될 수 없다. 하나의 작품을 완성하기까지 거쳐야 하는 단계별 공정을 완벽하게 혼자서 다 할 수 있을 때라야, 그만큼 오랜 수련을 거쳐야 나전칠기 공예가라고 불릴 수 있다. 그 하나 하나의 과정을 스스로 하지 못하면 나전칠기 공예가라고 할 수 없다.

나는 이 모든 과정 하나하나를 직접 하고 있다. 하지만 숙련도와 제작 속도 면에서는 아직 많은 부족함을 느낀다. 스승님이신 무형문화재 나전칠기장 선생님에 비하면 정말이지 이제 겨우 걸음마 수준이다. 이 전통 공예 영역에서 숙련도란 일종의 '백만 시간의 법칙' 같은 것이 작용한다. 나는 나전칠기를 배우기 시작한 지 이제 겨우 6년이 되었을 뿐이다.

하지만 내 자개 디자인은 다르다. 디자인은 숙련도에서 비롯되는 것이 아니니까 말이다. 여기서 디자인이란 단순히 자개로 무엇을 표현할 것인가만을 한정하여 말하는 것이 아니다. 현대의 생활환경에 맞게 지금을 살아가고 있는 사람들을 위한 나전칠기 공예품을 새롭게 구상하는 것까지를 포함한다.

나는 날마다 나전칠기 공예를 하고 있고, 나는 날마다 자개 디자인을 하고 있다. '나전칠기'와 '자개 디자인' 중 공예에 대한 나의 지향을 표현하는 쪽은 '자개 디자인'이기에 '나전칠기' 대신 '자개'를 '날마다'에 붙인 것이다. 다른 나전칠기 공예가와는 다른 나만의 감각으로 새롭고 멋진 나전칠기를 만들고 싶다는 나의 지향을 표현한 것이다. 나는 어제도, 오늘도 '날마다' 자개 디자인을 하고 있고 내일도 하고 있을 것이다.

하지만 여기서 이렇게 '자개 디자인'이라고 말하면 오해하게 만들 수도 있을 것 같다. 통상적으로 '자개'는 '진주, 소라, 전복 등의 껍데기 안쪽을 얇게 떼어내 구부러진 원래 모양을 펴서 가구 등과 같은 기물에 붙여 나전칠기 공예를 할 수 있도록 반듯하게 만든 패'를 가리킨다. 그래서 '자개 디자인'이라고 하면 패를 어떤 모양으로 만들지에 대한 디자인과 같은 의미로 이해할 수도 있을 것 같다. 그러나 이 책에서 말하는 '자개 디자인'은 패를 백골기물(白骨器物, 옻칠이 가능한 다양한 소재로 만든 물건으로 칠이 되어 있지 않은 것)에 나만의 디자인으로 다양한 기법을 사용하여 붙이는 것을 의미한다. 즉 기물에 붙일 이미지를 디자인하는 것이기도 하고 그 이미지를 표현할 자개를 선택하고 이미지와 선택한 자개에 맞게 표현 방법을 결정하여 디자인을 구현하는 것이기도 하다.

나는 경이로운 자연을 자개로 표현하고 싶다. 바람, 태풍, 달과 새, 봄, 여름, 가을, 겨울, 비와 눈, 나뭇잎과 계절마다 다른 나무, 구름, 산과 들, 바다와 파도, 고양이와 꽃, 별이 가득한 밤하늘과 우주, 블랙홀과 성단, 별자리, 거대한 향유고래와 하늘을 뒤덮을 상상 속의 용……. 이 모든 것에 대한 나의 공상과 상상을 자개로 표현하고 싶다. 이는 앞으로 내가 가장 집중해서 하고 싶은 일이기도 하다. 앞으로 풀어낼 이야기는 내 공상과 상상을 어떻게 자개로 구현할지 고민했던 내용이다.

차례

1월,
거친 것은 바람이에요

오래된 좁은 골목 사이사이를 겨울바람이 누빈다. 한파가 찾아오는 밤에는 바람이 마치 저 높은 하늘 끝에서 땅으로 수직 강하하는 듯한 매서운 소리가 난다. 오래된 골목에서는 바람소리가 크다. 낡은 창틀은 개의 슬픈 울부짖음과 같은 소리를 내며 덜컹거린다. 조임새가 헐거워진 녹슨 철문은 간격을 두고 쾅쾅 성난 소리를 낸다. 가지에 붙어 있던 마른 단풍나무 잎은 거센 바람을 이기지 못하고 뒤늦게 떨어져 떼를 짓고 점점 세를 불려 회오리를 만들며 길바닥을 긁는 마른 소리를 내며 공중에 떴다 가라앉았다를 반복한다. 도시의 소음은 차츰 뒤로 밀려나고 이 창틀과 철문, 뒹구는 낙엽 소리가 전면을 가득 채우는 밤이면 언제나 나는 『장자』「제물론」의 '문지뢰(聞地籟, 땅의 퉁소소리를 듣다)' 구절을 떠올린다.

나무에 기대어 쉬고 있던 남곽자기(南郭子綦)에게 제
자 안성자유(顔成子游)가 지뢰(地籟)란 어떤 것인지 묻
는다. 남곽자기는 대지가 내쉬는 바람이 어떻게 울리는
지 묘사한다. 높은 산 위에 서 있는 큰 나무에는 코 같기
도 하고 입 같기도 하고 귀 같기도 하고 옥으로 만든 향
로 같기도 하고 술잔 같기도 하고 절구 같기도 하고 깊은
웅덩이 같기도 하고 얕은 웅덩이 같기도 한 갖가지 모양
의 구멍이 있는데, 바람이 불기 시작하면 그 구멍들이 일
제히 울리기 시작하여 마치 물이 흐르는 듯, 화살이 나는
듯, 나직이 나무라는 듯, 물을 들이켜는 듯, 저 멀리 있는
이에게 외치는 듯, 한밤중에 울부짖는 듯, 마음 깊숙한
곳에서 쿵 하는 소리가 울려나오는 듯, 가냘프게 새가 우
는 듯, 콸콸, 씽씽, 흐흑, 우와아앙, 꺽꺽, 웅웅, 윙윙, 쉬
릭쉬릭, 횡횡 온갖 소리가 난다. 그런데 큰바람이 멎으면
이 모든 구멍은 다시 문이 닫힌 것처럼 고요해진다.

세상의 모든 구멍에 들어가 빠져나오며 내는 각각의
소리, 바람. 바람은 그렇게 소리로 자신의 존재를 드러낸
다. 내가 저 먼 곳에서부터 불어왔다고, 내가 저 높은 곳
에서부터 불어왔다고. 그렇게 바람으로 감추어져 있던
어떤 것들이 드러나기도 하고 어떤 것들이 존재하고 있

었음을 알리기도 한다. 소리를, 이 바람소리를 자개로 표현할 수 있을까?

　바람은 눈에 보이지 않지만 눈에 보인다. 형체는 없지만 그것이 지나는 길에 놓인 모든 것에서 그것이 존재함을 알 수 있다. 가지를 흔드는 나무들과 밤사이 내린 눈이 녹아 고인 작은 물웅덩이의 물결과 빨랫줄에 널어놓은 옷들의 휘날림과 자꾸만 벌어지는 옷섶을 여미는 사람들의 손길에서 바람의 존재가 드러난다. 이 바람은 김홍도의 그림에도, 클로드 모네의 그림에도 존재한다. 이렇게 화가가 바람의 존재를 표현하듯 자개로도 바람을 표현할 수 있을까? 물론 할 수 있다. 나의 고민은 자개의 물성(物性)을 살리면서 자개로 장자의 '지뢰' 즉 '땅의 퉁소소리'를 가장 멋지게 표현할 디자인을 찾는 것이다.

　자개를 붙이는 기법 혹은 자개로 이미지를 표현하는 기법에는 크게 주름질, 끊음질, 할패법, 모조법 등이 있다. 주름질은 디자인된 모양대로 실톱으로 자개를 잘라 붙이는 방식이고 끊음질은 자개를 동일한 너비로 잘라주는 상사기를 이용하여 길게 자른 뒤 상사칼로 끊어서 붙이는 방식이다. 할패법은 자개를 조각내 그것으로 면을 채워 붙이는 방식이며 모조법은 주름질로 자른 자개를 붙인 뒤 자개 위에 상사칼이나 새김칼 등으로 선을 새겨 입체감과 정교함을 살려주는 방식이다. 한 작품에서 한 가지 기법만 쓰는 경우도 있고, 여러 기법을 같이 쓰는 경우도 있다. 표현하고자 하는 디자인과 이미지에 맞는 기법을 찾아야 한다.

한편으로는 자개 자체의 한계 때문에 표현 기법이 결정되기도 한다. 예를 들어 작품에 아주 큰 달을 넣고 싶다고 하자. 자개는 소라, 진주, 전복 등의 껍데기를 벗겨내 구부러진 것을 펴서 사용한다. 그러다보니 자개의 모양과 크기는 소라나 전복의 모양과 크기에 좌우된다. 시중에서 파는 자개는 과도보다는 크고 식칼보다는 작은 크기의 칼 모양이거나, 반원 모양이거나, 한 변이 물결무늬로 된 삼각형 모양이다. 아주 큰 달을 자개로 표현하려면 원하는 달 크기만큼 큰 자개가 있는 경우에는 자개를 달 모양으로 실톱으로 잘라(주름질) 붙일 수 있지만 그만큼 큰 자개가 없는 경우에는 다른 기법을 사용하여 달로 표현할 공간을 메워야 한다. 반대로 맨 처음부터 달 크기 자체를 자개 크기에 맞추어 디자인하면 주름질로 표현할 수 있다. 물론 달의 크기가 작아지더라도 꼭 주름질로 달을 표현하지 않아도 된다. 달이 크든 작든 자개를 조각내 붙여서(할패법) 달을 표현할 수도 있으니 말이다.

어떤 이미지를 어떤 기법을 사용하여 표현할지 결정하는 것은 온전히 디자이너의 몫이다. 주름질로 하느냐, 끊음질로 하느냐, 할패법으로 하느냐에 따라 달은 각기 다른 느낌을 준다. 어떤 대상을 표현하는 데 어떤 기법을 써야 한다고 미리 정해져 있는 것은 없다. 디자이너가 다른 느낌과 효과를 의도하면서 대상에 맞고 어울리는 기법을 선택하여 작업하면 되는 것이다.

중학교 3학년 때 우리집 안방에 자개장롱이 새로 들어왔다. 엄마는 그날부터 그 자개장롱을 가장 애지중지하셨다. 가장 좋아하는 한복들과 코트를 그 장롱에 걸어두고 뿌듯해하시던 얼굴이 아직도 눈에 선하다. 40년이 지난 지금도 고향집 안방에는 그 자개장롱이 있다. 엄마는 돌아가셨지만 엄마가 가장 아끼던 장롱은 엄마의 추억을 가득 담은 채 그 자리를 지키고 있다. 엄마의 자개장롱에는 하늘에 해가 떠 있고 학이 노닐고 공작이 화려한 날개를 자랑하고 있다. 대부분 주름질로 자개를 잘라 이어붙인 것이었다. 장롱 모서리 쪽 크게 네 면에는 긴 만(卍)자를 자개로 이어 붙여놓았는데, 끊음질로 작업한 것이었다. 그리고 학의 깃털은 좀더 정교하게 표현하기 위해 붙인 자개 표면을 새김칼로 선을 새겨놓기도 했다(모조법).

과거 1970년대에서 1980년대까지도 자개는 어떤 전통적인 틀에 갇혀 있었다. 그 시기까지의 자개는 예전부터 내려오는 본(本, 정형화된 패턴)을 바탕으로 똑같은 디자인을 반복하는 방식으로 만들어졌다. 이와 같은 디자인이 반복되면서 기법 역시 똑같이 따라 하는 것이 이어져왔다. 그것이 가장 아름답게 느껴졌고 그러므로 당연하게 반복되어온 것이다. 하지만 요즘은 자개에 대한 미감(美感)이 많이 바뀐 것을 느낀다.

땅의 퉁소소리를 어떻게 자개로 표현할까? 쿵쿵, 휘이잉 휘이잉, 덜컹덜컹 골목을 메우는 한겨울 바람소리를 듣고 있노라면 절로 그 고민에 빠져든다. 그렇다고 해서 머리를 싸잡고 고민하지는 않는다. 이 바람소리를 어떻게 디자인할지 생각할 때면 오히려 기분이 좋아지고,

의욕이 솟아나고, 온갖 이미지가 머릿속을 가득 채우면서 붕붕 날아다닌다. 마치 내가 이 바람을 타고 하늘로 오르는 것처럼.

시인 기형도는 글을 쓰지 못하고 하고 싶었던 말들이 공중에 흩어지는 때가 있었다고 말한다. 그때 눈이 내렸고 그 눈은 거친 바람에 지상으로 내려앉지 못했다고 한다. 하지만 그는 언젠가는 밤눈이 지상에 내려앉아 세상의 눈물로 스며들 것이라고 말한다. 기형도는 하늘에서 내려오는 눈이 대지에 닿기 전 바람의 거부로 다시 하늘로 날아가는 모습을 쓸쓸하게 바라본다. 하지만 나에게 대지에 닿기 전 바람에 날려 다시 하늘로 올라가는 눈의 모습은 따뜻함이었고 눈이라는 존재가 대지에 닿아 눈물처럼 스미기 전, 그러니까 사라지기 전의 화려한 존재 증명과 같은 춤이었다.

바람도 마찬가지다. 하늘에서 급전 직하하던 바람은 지상에 닿기 전 대지 위에서 길에서 사는 모든 생명을 위무하듯 다시 허공으로 솟아오른다. 그것은 마치 춤과 같다. 바람이 부는 날 눈이 내리면 눈은 그 춤을 가장 화려하게 만든다. 내가 자개로 표현하고 싶은 겨울바람은 이

것이다. 조만간 대지에 내려 마른 대지를 적셔줄 눈의 춤으로 알게 되는 바람 말이다. 하지만 겨울바람만이 내 마음을 흔드는 것은 아니다. 겨울이 가면 봄이 오고, 봄이 가면 여름이 오고, 여름이 가면 가을이 온다. 이 모든 계절의 바람은 언제나 나를 흔든다. 데이비드 보위의 노래처럼 내 마음을 흔드는 가장 거친 것은 바람이다(〈와일드 이즈 더 윈드(Wild Is The Wind)〉).

2월,
잎을 떨군 겨울나무들의 숲

언젠가 가보았던 러시아는 우리나라와 햇살부터 달랐다. 한여름이 지난 9월 초였는데, 모스크바 공항에서 도심으로 이동하는 차 안에서 바라본 자작나무 숲은 자작나무 표면에 닿아 부서지는 햇살에 반짝이고 있었다. 우리나라에서 눈이 많이 내린 날 숲을 바라볼 때 쌓인 눈에 햇살이 반사되어 반짝이는 느낌과 비슷했다. 모스크바에서는 도심 일정이 많아 숲에는 가볼 수 없었다.

모스크바를 떠나 다음으로 간 도시는 러시아 정중앙에 위치한 노보시비르스크로 그곳에서 도움을 준 한인 분의 안내로 자작나무 숲을 산책할 수 있었다. 그 숲은 그분이 주말이면 가족들과 함께 버섯을 따러 간다는 곳이었다. 오래되고 푸르렀던 그 숲은 한낮에도 서늘함이 느껴졌다. 시베리아 관문 도시라 그랬겠지만 9월임에도 겨울이 느껴졌다. 한겨울이 되면 그 숲이 어떤 모습일지 정말 궁금했지만 그때까지 머물 수도, 다시 가지도 못했다. 러시아 여행 이후 내 마음속 겨울 숲은 언제나 상상으로 그려본 그 자작나무 숲이었다.

2월은 겨울의 절정이다. 절정이 지나면 그 기운이 급격하게 꺾이며 곧 새로운 것이 시작된다. 2월이 다른 달에 비해 단 며칠이라도 짧은 것이 얼마나 다행인가. 2월을 견디면 봄이 오는 것이다. 그렇기에 겨울을, 눈을 몹시 좋아하는 나는 2월이 지나가는 것을 반기면서도 아쉬워한다. 언제나 2월은 단 하루라도 놓치기 싫은 달이다. 한 번 더 눈이 내리기를 바라고 바란다. 3월에도 좋아하는 강원도 평창군 진부면의 오대산에 눈이 내리는 일기예보를 보면 바로 기차표를 예매하고 그곳으로 간다. 오대산에 마지막 눈이 내릴 때까지, 이제는 확실하게 봄이고 겨울은 이제 완전히 끝났음을 마음으로부터 받아들인 다음에야 봄을 즐기기 시작한다. 그렇게 오대산에 봄이 오기 전까지 나는 끝없이 눈이 내리기를 기다린다.

전통 나전칠기에서는 자개를 붙이기 전후 모든 칠을

옻칠로 한다. 옻칠에는 정제 유무에 따라 정제하지 않은 생칠과 정제한 주합칠이 있고, 색깔에 따라 여러 종류로 나뉘는데, 안료를 넣어 색깔을 만든 종류에는 먼저 전통적으로 오랫동안 써온 흑칠(검은색)과 주칠(붉은색)이 있으며 최근에는 백색은 물론 노란색, 파란색, 녹색 등부터 파스텔톤과 메탈톤의 색깔에 이르기까지 다양하게 제조되어 판매되고 있다. 옻칠을 대신한 칠 종류에는 식물성 캐슈와 포마이카가 있는데, 1970년대에서 1980년대에 자개장이 양산될 때 많이 사용되었다. 거기에 광택을 내는 유광, 광택을 내지 않는 무광, 그 중간의 반무광 등의 옻칠도 있다. 여름 옻나무에 칼로 상처를 내고 거기서 흘러나오는 수액을 채취하여 도료로 사용하는 옻칠을 만든다. 나무, 금속, 종이 등 다양한 소재에 옻칠을 할 수 있는데, 옻칠을 하면 수백 년 이상 변하지 않고 해충이 방지되어 보존성이 매우 뛰어나다.

옻이 아닌 다른 도료로 마감할 경우 날이 맑으면 대개 2, 3일이면 마른다. 습도가 낮은 조건에서 더 잘 마르는 것이다. 하지만 옻칠은 다르다. 고온다습한 환경에서 잘 마른다. 여름 장마철에 옻칠을 해놓으면 다음 날 다 말라 있지만 춥고 건조한 겨울철에 옻칠을 한 뒤 자연 상태로 놓아두면 몇 주가 지나도록 마르지 않고 그대로 있다. 그래서 칠을 한 기물을 말리는 칠장이 필요하다. 고온다습하게 유지하기 위해서이기도 하고 먼지 같은 것이 칠 위에 앉지 않게 하기 위해서이기도 하다. 칠장에는 보일러 등의 설비를 설치하여 온도를 높이고 바닥에 스펀지 같은 것을 깔아두고 물을 뿌려 습도를 높인다.

고온다습한 조건에서 잘 마르는 옻의 특성 때문에 작업실이나 공방은 주로 지하에 많이 마련하는데, 내 작업실 역시 지하실에 있다. 원래도 습도가 높은 지하실에서 한여름 장마철에 작업하고 있다보면 그 눅눅함이 뼛속까지 파고드는 것 같을 때가 있다. 보통 사람들은 한겨울 칼바람에 '뼈가 시리다'라는 표현을 하는데, 옻칠을 하는 사람들은 한여름 장마철에 '뼈가 눅눅하다' 혹은 '뼈가 눅진하다'라는 표현을 쓸 법하다. 장마철의 눅눅함은 사람을 지치게 한다. 나 역시 장마철에 작업실로 들어가는 순간에는 무언가 엄청난 습기의 파도 같은 것이 훅 하고 덮치는 듯한 기분이 들 때가 많다.

진짜 더운 날은 지하실도 덥다. 더운데 습도는 바깥보다 더 높기에 불쾌지수가 엄청나게 높다. 골이 띵할 정도로 습도가 높을 때도 있다. 그래서 몸이 쉽게 지친다.

하지만 옻칠을 하고 칠장에 넣어둔 기물이 다음 날 다 말라 있는 모습을 확인하면 무언가 환희에 찬 기분이 든다. '우와! 대박이야! 장마가 끝나기 전에, 이 여름이 지나기 전에 옻칠을 어서 해서 작업을 끝내보자!' 이렇게 말도 안 되게 빨리 마르므로 작업 속도가 엄청 빨라진다. 그래서 또 기분이 좋아진다. 이렇게 파이팅이 넘쳐서 과로하게 되는 때가 여름이다.

그에 비해 겨울은 아무리 칠장에 매일 물을 뿌리고 보일러를 틀어놓아도 제대로 마르는 데 일주일 정도가 걸린다. 그러면 생각이 많아진다. 그래서 주로 겨울에는 자개 디자인을 고민하면서 상상의 나래를 펼친다. 칠이 마르기를 기다리며 나는 홀로 상상의 숲에 들어가 그 숲과 그 숲속의 나무와 수많은 생명, 그 숲을 둘러싼 산과 강과 하늘과 구름과 바람과 눈과 비를 생각한다.

추운 겨울 작업실에 난로를 켜고 앉아 무수한 공상을 스케치한다. 어떤 때는 직접 찍어온 사진을 보고 그리고, 어떤 때는 누군가 SNS에 올린 그림을 보고 그리고, 어떤 때는 도록을 보고 그리고, 어떤 때는 내가 상상하고 있는 모습을 그리고, 어떤 때는 주워온 열매나 잎을 보고 그린다. 내 마음속 겨울 숲, 러시아에서 보았던 자작나무 숲을 시작해야겠다고 마음먹은 것은 SNS에서 그림 하나를 본 순간이었다. 잎은 다 지고 오직 가지만 앙상하게 남은 수많은 나무가 화면을 꽉 채우고 하나의 우주를 만들고 있었다. 세상을 가득 채운 앙상한 겨울나무들. 백진주패를 사용하면 부서지는 햇살에 반짝이는 자작나무 숲을 표현하기에 가장 적합할 것 같았다.

맨 아래 중심에서부터 나무를 세워나가기 시작했다. 선을 미리 그리지 않고 그냥 실톱으로 바로 잘랐다. 최대한 자연스럽게 백진주패를 길게 잘라 나무 기둥으로 하나씩 붙이기 시작했다. 숲을 가득 메우며 빽빽하게 들어서 있었지만 잎을 모두 떨군 나무들은 그 가지들을 서로를 향해 뻗고 있었다. 전면의 먼 나무들 위의 하늘은 더 가까이 선 나무들의 가지들이 점령했다. 이렇게 사각 프레임 안의 세상은 잎을 비운 앙상한 나무 기둥과 가지로 온통 채워지고 초승달의 약한 달빛을 받아 나무들은 영롱하게 빛난다. 이곳에서는 나무 외의 다른 생명체의 모습은 찾아볼 수 없다. 다른 생명은 모두 깊은 겨울잠에 빠져 있는 것 같다. 아니, 자작나무들 말고는 그 옅은 달빛 속에서 그 형체를 드러내 보여주는 것이 없다.

보통 자개를 다 붙이고 그 자개 두께만큼 옻칠 두께

를 올린다. 하지만 이 겨울나무 숲은 나무의 입체감을 살리고 싶었다. 칠의 광도 많이 내고 싶지 않았다. 그래서 옻칠의 횟수를 줄이고 마지막 상칠(上漆, 마지막으로 칠하는 옻칠. 앞 단계의 칠보다 두껍게 바른다) 후의 광내기도 무광의 느낌이 나도록 마감했다. 깊은 겨울밤 은은한 달빛을 받아 오로지 나무만 빛나고 그 나무 사이는 어둠이 채운 그런 겨울밤의 자작나무 숲을 표현하려 한 것이다.

그 숲에서 다른 인간 없이 오로지 나 홀로 거니는 상상을 해본다. 코끝이 빨개질 정도로 차가운 밤공기는 더없이 상쾌하다. 마스크를 벗고 그 공기를 폐 깊숙이 가득 집어넣고 내뱉기를 계속한다. 내 폐가 숲의 향기로 가득찰 때까지 말이다. 도시에 살면서 순간순간 숲의 향기가 그리워질 때마다 나는 그 겨울 숲을 바라볼 수 있다. 그리고 내가 그 숲에 혼자 거닐고 있는 모습을 상상할 수 있다. 해마다 겨울 눈을 보기 위해 갔던 겨울 오대산 전나무 숲의 바람과 향기가 되살아난다. 그 겨울 숲은 나에게 상상의 도피처이자 안식처이고, 한여름 더위에 지쳐 겨울의 찬바람과 눈이 그리울 때 문을 열고 들어갈 수 있는 마법의 겨울 숲이다. 그 겨울 숲에 이젠 언제나 갈 수 있다.

> **3월, 따스한 햇볕을 즐기며
> 기지개를 켜는 길냥이**

자개 디자인은 즐겁다. 자개로 대상을 어떻게 표현할까,
어떻게 배치할까를 고민하고 상상하고 디자인된 자개를
자르고 기물에 붙이는 일은 정말 즐겁다. 기물의 크기가
작을 경우 3, 4시간이면 자개를 자르고 붙이는 일을 끝
낼 수 있고 기물의 크기가 크면 며칠, 몇 주가 걸리기도
한다. 그 시간 동안의 즐거움을 위해 아마도 나는 나전칠
작업을 하고 있는 것 같다.

하지만 자개를 붙이기 전까지와 자개를 붙이고 나서
의 일에는 즐거움이라는 단어를 붙이기 어렵다. 기물에
자개를 붙일 수 있는 상태가 되도록 만드는 일, 자개를
붙인 뒤에 칠의 두께를 자개 두께만큼 올리고 마지막 상
칠을 한 뒤 광내기로 마감을 하는 일은 오로지 시간과의
싸움이다.

나전칠기를 만들기 위해 처음 해야 하는 일은 무엇을 만들지 결정 혹은 선택하는 것이다. 책상을 만들 것인가, 벽에 걸어두는 장식 걸개를 만들 것인가, 장롱을 만들 것인가, 접시를 만들 것인가, 화병을 만들 것인가……. 책상을 만들고 싶다면 그 책상을 어떤 디자인으로 만들 것인지를 결정해야 한다. 전통 소목 기법을 써서 서안 형태의 책상을 만들 것인지, 그렇다면 바닥에 앉아서 사용하는 형태인지, 의자에 앉아 사용하는 형태인지를 결정해야 한다. 전통 짜임 기법을 쓰지 않고 상판에 금속 다리를 나사로 연결하는 형태로 만들 수도 있다.

나는 두 가지 형태의 책상을 주로 만든다. 전통 짜임 기법인 주먹장으로 세운 ㄷ자 형태의 서안은 바닥에 앉아서 쓰는 용도로 만들고, 상판만을 나전칠을 하고 철공소에서 제작 주문한 금속 다리를 나사로 연결한 책상은 의자에 앉아 쓰는 용도로 만든다. 상판만 나전칠을 한 경우는 나무만 선택하면 되지만 서안의 경우는 크기를 결정하고 직접 나무를 재단하여 톱과 끌을 사용하여 주먹장을 따고 양쪽 다리 부분에 바람이 통하도록 뚫는 풍혈 크기와 모양도 정하여 줄톱으로 자른 뒤 상판과 두 다리를 아교나 타이트본드로 붙이고 조립해야 한다.

가구를 만들 때 목리(나뭇결)가 아름다워 그대로 보이게 만드는 경우라면 옻칠을 하더라도 나전칠에서 하듯이 옻칠로 표면을 완전히 덮어서는 안 된다. 옻칠하여 마감하는 경우라면 생칠을 한 뒤 면 옷감으로 잘 닦아낸 다음 말리는 과정을 서너 번 반복하는 접칠을 하면 시간이 지날수록 옻칠 특유의 색감이 살아나면서 목리가 돋보이는 작품을 완성할 수 있다.

기물에 자개를 붙이고 옻칠로 마감하려 한다면 자개가 기물에서 떨어지지 않도록 소창을 붙이고 나뭇결 사이의 빈틈을 토회로 메우면서 옻칠을 하면 된다. 이때 옷칠은 두께가 있게 올리기 때문에 목리를 볼 수 없어 사실 나전칠에서 목리가 아름다운 비싼 나무를 쓰는 것은 개인적으로 별 의미가 없다고 생각한다. 또한 나전칠 작업을 할 때 물을 주어 사포질하는 일이 빈번하고 사포질한 뒤 기물을 물로 씻은 다음 말리기 때문에 습기에 뒤틀리기 쉬운 원목을 나전칠에 사용하는 것은 그다지 좋은 선택이 아니다. 원목을 쓰려면 건조가 아주 잘된 것을 써야 한다. 나는 서안을 만들거나 테이블 상판을 만들 때 혹은 벽에 장식으로 거는 걸개를 만들 때, 작은 브로치를 만들 때도 주로 자작합판을 사용한다. 어쨌든 원목이든 합판이든 어떤 나무를 골라 작업하느냐는 철저히 작업자의 판단과 선택에 따른 것이다. 그리고 그 기물의 용도와 작업자의 디자인에 맞추어 이후 어떤 칠을 하고 어떻게 칠을 하는지의 기법도 달라진다.

사실 목리를 완전히 가리지 않게 하면서 자개를 붙이는 방법이 없는 것은 아니다. 중요한 것은 자개를 붙인 뒤 어떤 색의 옻칠로 마감하고 자개를 기물의 표면에 고정하여 떨어지지 않게 하기 위해 어떤 기법을 쓸지 선택하거나 혹은 그런 기법을 새롭게 개발하는가의 문제다. 복잡한 기법을 설명하는 문제는 생략하고 나전칠에서 일반적으로 쓰는 기법을 중심으로 이야기해보자.

기물에 칠을 하기 전의 상태, 즉 백골기물이 만들어지면 기물의 표면을 매끄럽게 하기 위해 사포질을 한다. 사포질하면서 나온 톱밥을 모아 그것에 아교나 타이트본드를 섞어 나무 자체에 있는 구멍을 일차적으로 메워준다. 메운 부분이 다 마르면 기물에 생칠을 칠하고 다시 한번 말린 뒤 토분에 물과 생칠을 섞어 나뭇결 사이의 공간들을 메우고(토회칠) 또 말린다. 그러고 나서 찹쌀풀을 쑤어 그 풀에 생칠을 섞어 자개를 붙일 부분 전체에 소창을 붙인다(호칠). 소창을 붙여주어야만 나중에 자개도 붙일 수 있고 나무가 휘는 것도 확실하게 막을 수 있다. 이것이 마르면 거친 사포로 표면에 튀어나와 있는 것들을 툭툭 갈고 앞에서 썼던 토분에 물과 생칠을 섞어 만든 토회를 소창의 구멍을 메우기 위해 바르고 말린다. 이 과정은 소창 구멍이 다 메워져 표면이 매끈해질 때까지 반복한다. 그리고 여기까지의 사포질은 물을 주지 않고 마른 상태에서 한다. 이때 옻이 섞인 토회 가루가 날려 옻에 민감한 사람은 옻이 오를 수 있으니 조심해야 한다.

이와 같은 과정을 거쳐 구멍이 다 메워지면 이제는 물을 주면서 사포질을 하고 흑칠을 하기 시작한다. 단순하게 정리하면 칠이 어느 정도의 두께로 올라올 때까지, 그리고 표면이 매끈하게 정리될 때까지 계속 되풀이한다. 흑칠한 바닥을 사포질했을 때 생기는 구멍이나 소창이 드러나는 부분, 그 밖의 여러 과정에서 생긴 흠은 토회칠로 메꾸어 준다. 흑칠-말리기-토회칠-말리기-사포질의 순서로 반복한다. 흑칠을 한 뒤의 토회칠은 앞에서 언급했던 토분, 물, 생칠에 흑칠까지 섞어서 한다. 이런 과정을 거쳐 표면이 흠 없는 매끈한 상태가 되면 사포질을 한 상태에서 디자인한 자개를 아교 등의 접착제를 사용하여 붙인다. 전통 방법은 자개 면에 아교를 바른 뒤 기물에 붙이고 달군 다리미로 자개 위를 눌러 열로 더 강하게 부착한다. 열기에 녹아 자개 사이로 삐져나온 아교는 물에 적신 구둣솔로 긁어내듯이 닦아낸다.

자개를 다 붙이고 난 뒤에는 붙인 자개의 높이만큼 칠을 올리는 작업을 해야 한다. 자개를 붙이지 않은 기물의 나머지 부분을 칠할 옻칠의 색을 결정했다면 그 색깔의 옻을 테레빈유에 섞어 바른다. 흑칠을 칠하는 경우 흑칠을 하고 칠이 다 마르면 자개를 갈지 않도록 조심하면서 물을 주고 사포질을 한다. 사포질을 하고 나서 깨끗이 씻어 말리고 다시 흑칠을 한 다음 그것이 다 마르면 또 한번 사포질을 한다. 이렇게 흑칠-말리기-사포질-흑칠-말리기-사포질의 과정을 계속 반복하여 칠 두께가 자개 두께에 근접했을 때 마지막 칠인 상칠을 두껍게 하고 다 마르면 사포질을 한 뒤 광내기를 하여 마무리한다.

지금까지의 이 모든 과정이 엄청나게 복잡한 것처럼 느껴지겠지만 개념만 확실히 이해하면 그리 복잡하지 않다. 다시 말해 백골 상태의 기물을 자개를 붙일 수 있는 상태로 만들기, 자개 붙이기, 마감할 색깔의 옻을 반복하여 칠해 자개 두께만큼 올리기, 광내기로 마감하기로 단순화할 수 있다. 이와 같은 과정을 통해 작품 하나가 만들어지기까지는 6개월에서 1년 정도가 걸린다. 물론 이것은 내 기준이다. 기물의 크기, 옻칠 작업을 주로 한 계절 등의 변수에 따라 완성되기까지 걸리는 시간은 더 줄어들 수도, 더 늘어날 수도 있다. 애초에 작업자가 사용하는 칠장의 크기에 따라 만들 수 있는 기물의 크기가 정해져 있으므로 지금의 나는 장롱과 같이 큰 기물을 만들기 어렵다. 내가 만들어 사용하고 있는 칠장의 크기가 그렇게 큰 기물을 넣을 만큼 크지 못하기 때문이다. 지금 내가 만들 수 있는 가장 큰 크기의 기물은 4인용 테이블 상판의 넓이나 1인용 서안 정도의 높이까지만이다. 그렇기에 가장 큰 크기의 기물을 완성하기까지는 대개 1년 정도가 걸린다. 만약 내가 아주 큰 칠장을 갖고 있다고 하고, 그래서 내가 장롱을 만들 조건을 갖추고 있다고 한다면 엄마의 자개장롱 크기인 열 자 장롱을 완성하기까지는 얼마나 걸릴까? 답을 내리기 어렵다. 게다가 그런 장롱은 혼자서 만들 수 없다. 장롱을 내가 어떻게 번쩍 들어 칠장에 넣을 수 있겠는가! 하하하.

　기물에 자개를 붙일 수 있는 상태로 만들기 위해 무한 루프에 갇힌 듯이 토회칠을 하고 사포질을 하고 토회칠을 하고 사포질을 하고, 다시 자개 두께만큼 칠을 올리기 위해 흑칠을 하고 사포질을 하고 흑칠을 하고 사포질을 하고, 그렇게 하루 이틀, 한 달 두 달을 보내다보면 시간은 어느새 휙 지나가 있고, 사포질을 하다보면 고질병인 관절염이 도져 손가락이 안 펴지고, 같은 자세로 고개를 숙여 자개를 자르고 자개를 기물에 붙이다보면 안 좋은 자세로 작업하고 있다는 것을 경고하듯 고관절에 통증이 느껴지고, 허리도 아프고 그러면 나는 누구인가, 나는 왜 여기서 이 짓을 하고 있나 하는 생각이 자연스레 든다. 원하는 대로 작업 속도가 나지 않으면, 실수로 붙인 자개가 깨지거나 사포질로 다 녹아 없어져버리기라도 하면 마음이 부대낀다. 그런 날은 작업실에서 혼자 소맥 폭탄주라도 말아 마셔야만 잠을 청할 수 있다. 그렇게 나의 2, 3년 차 때의 자개 디자인 작업, 아니 나전칠 작업은 소맥 폭탄주와 함께였다. 어느 순간에는 이 짓을 그만두어야 하지 않을까 자문하기도 했다. 그때 나를 다시 일으켜 세웠던 것 혹은 구원했던 것은 무엇이었을까?

절망했다. 옻칠, 사포질, 토회칠, 주름질에 재능이 부족하다고, 이토록 많은 시간을 들여 매일매일 집중하면서 간절하게 작업했었는데, 이렇게나 늘지 않다니 절망했다. 머리와 디자인에 대한 열정만 믿고 시작하여 손으로 하는 일은 완전히 다른 종류의 일이고 경험치를 쌓아야만 되는 일임을 늘 모르는 척했다. 코로나19가 정점을 찍고 있던 시국이라 사부님을 자주 뵙기도 어려운 상황이었다. 묻고 또 물어야만 실수를 줄일 수 있는 실력이었는데, 그러지를 못했다.

자개를 실톱으로 자르다보면 자개 끄트머리 부분이 툭툭 잘 깨진다. 작업실 바닥에는 이렇게 깨져나간 작은 자개 조각들이 여기저기 숨어 있다. 깨지지 않게 하려고 조심조심 자른 완벽한(!) 자개 조각이 바닥에 떨어져 허리를 굽히고 바닥을 눈으로 훑는 날이 부지기수다. 어느 방향으로 튕겨 날아갔는지 한참을 찾아도 눈에 띄지 않는다. 그렇게 찾지 못한 완벽한 자개 조각들이 많아지면서 앞치마를 이용하여 떨어지는 자개 조각을 받아내는 방법을 개발(!)하기도 했다. 하지만 앞치마 기술도 완벽하지 않아서 자르다 톱날에 걸려 날아가 바닥으로 자개가 떨어지는 일은 늘 일어난다. 자개를 자르다보면 나도 모르게 "에구!", "앗!", "젠장!" 등의 소리를 내뱉으며 바닥을 눈과 손으로 훑는 모습을 자주 연출하게 된다.

그러던 어느 날이었다. 그날도 자개를 자르다가 날아간 자개를 찾으려고 무릎을 꿇고 바닥 여기저기를 살펴보던 중이었다. 오른편에 반짝거리는 무언가가 있었다. 아주 작은, 정말 작은 흑진주패 조각이었다. 높이가 1.5밀리미터 정도가 될까 말까 한 세모꼴의 자개 조각이었다. 바닥에 떨어진 그런 작은 조각을 처음 본 것도 아니었다. 그런데 그날 그 작은 흑진주패 조각이 반짝거리는 것을 보고 갑자기 눈물이 났다. 너무 아름다웠다. 너무 작았다. '나 여기 있어!'라고 알려주는 듯 반짝거리며 자신의 존재를 드러냈다. 아주 작은 것들, 애써 보지 않으면 거기에 있는 줄도 모르고 그냥 지나쳐버리기 쉬운 그런 작은 존재들. 그 작은 조각들이 아름다운 빛깔로, 영롱한 광채로, 빛에 따라 다르게 보이는 반짝임으로 나에게 인사했다. 그 작은 조각이 그렇게 반짝 빛날 수 있다니 너무나 놀라웠다. 그 반짝임은 골목과 길 곳곳에 숨어 지내는 작은 아이들을 생각나게 했다.

당시에는 집에서 작업실로 오는 길에 동네 길냥이들에게 밥을 주고 왔다. 주로 밤부터 새벽까지 작업을 했던 터라 해가 진 뒤 동네를 돌며 아이들에게 밥을 주고 작업실로 와서 작업을 했다. 길냥이들에게 마음을 주고 나서부터는 길에서 태어나 길에서 살아가고 길에서 죽어가는 아이들의 운명이 마음을 힘들게 했다. 짧게는 몇 달, 길게는 몇 년을 매일 만나 밥을 주던 아이가 죽기라도 한 경우에는 마음이 천길만길 낭떠러지 아래로 가라앉는 듯했다. 작업실이 생겨 내 작업을 시작한 2, 3년 차 시절에는 나전칠 작업과 길냥이들에게 밥을 주는 일 두 가지가 내 바깥생활의 거의 전부였다. 원하는 만큼 빠르게 작업 속도를 내지 못하고, 밥을 주던 아이가 죽고, 절망과 슬픔이 결합, 증폭되어 내 마음은 가라앉고 가라앉고 가라앉아 수면 아래 저 밑바닥에 돌덩이처럼 무겁게 내려앉아 있었다. 바로 그때였다. 그 반짝거림을 만난 것은. 그것을 만나 울 수 있었다. 소맥 폭탄주의 힘을 살짝 빌리기는 했지만 말이다.

누군가에게는 말도 안 되는 이야기일 수 있다. 세상의 모든 존재는 아무리 작은 것이라 해도 모두 반짝이는 빛을 가지고 있다. 그 빛이 아름답다는 것을, 아주 작은 존재의 빛도 아름답게 반짝인다는 것을 그때 그 작은 자개 조각을 통해 알게 되자 그 어떤 위로보다 힘이 되었다. 그 아름다운 반짝임을 만나 절망과 슬픔에 가라앉아 있는 것을 멈추고 수면 위로 올라올 수 있었다. 그날의 그 작은 조각은 여전히 내 마음속에서 아름답게 반짝이고 있다. 그리고 아름답게 빛나던 그 작은 자개 조각은 나에게 길고양이를 표상하는 이미지가 되었다. 그날 나는 자개에 완벽하게 매료되었고, 절망을 이겨내기 시작했고, 슬픔에서 벗어나기 시작했다. 이것이 내가 자개에 매료된 사연이고 지금껏 자개 디자인을 하는, 아니 앞으로도 계속하려는 이유다. 다행이다. 절망과 슬픔이 끝이 아니었고 계속 사랑할 수 있는 힘과 용기를 찾고 그 절망에서 벗어날 수 있게 되어서. 그리고 작은 자개 조각을 어떤 디자인에라도 꼭 넣는 것으로 내가 받은 위로와 용기를 내 디자인을 통해 세상에 전하려 하고 있다.

4월,
텃밭에 씨앗을 심다

새로운 무언가를 기다리는 마음이란 무엇일까? 땅에 씨앗을 심어두고 기다려본다. 과연 새싹이 돋아나기는 할까? 기대하는 마음은 조마조마하다. 혹시라도 씨앗에 문제가 있어서 싹이 나지 않으면 어쩌지? 내가 씨앗을 너무 뭉쳐서 뿌린 것은 아닌가? 내가 씨앗을 적당한 깊이로 심은 것이 맞나? 걱정이 가득하다.

　지금 살고 있는 집으로 이사와서 처음 맞는 봄이다. 크지는 않지만 긴 화단이 마당에 있어 나무를 심고 화초를 키우며 텃밭을 가꾸는 즐거운 상상을 하며 이사를 왔다. 전에 살던 집 마당에서 8년째 키우며 해마다 씨앗을 받아두고 다음 해에 뿌려 또 키우고 했던 나팔꽃의 씨앗도, 여기저기 산책을 다니며 갈무리해둔 씨앗들도, 지난 겨울에 미리 사두었던 여러 씨앗도 봄이 오기만을 기다리고 있지 않았을까?

씨앗을 심기 일주일 전쯤 마당 텃밭에 거름을 먼저 주고 일주일 동안 두세 번 흙을 뒤집어주었다. 옆집 어르신 조언대로 그렇게 했다. 씨앗을 뿌리는 날에는 호미로 흙을 파서 골을 만들었다. 그동안 꼭 키워보고 싶었던 당근, 아욱, 순무, 쑥갓, 방울토마토, 가지, 루콜라, 고수, 바질, 로즈메리와 몇 가지 쌈 채소 씨앗을 뿌리기로 했다. 골 하나에 한 가지 씨앗을 뿌리고 흙을 덮었다.

그리고 텃밭 가장자리에는 벽돌과 돌을 이어 작은 담을 둘렀고 골 사이사이에는 나뭇가지로 지주를 세운 뒤 버리지 않고 두었던 모기장을 잘라 지주 위를 덮어 싹이 나올 공간을 만들어주고 담으로 쌓은 벽돌과 돌 밑에 모기장 가장자리를 넣었다. 마당에 길냥이를 위해 밥 자리를 만들어 두었기 때문에 동네 길냥이들이 자주 와서 밥을 먹고 텃밭 흙에 실례를 하고 간다. 새로 씨앗을 뿌린 텃밭을 동네 길냥이들이 볼일을 본 뒤 흙을 파 망치지 않게 하려고 모기장을 위에 덮은 것이다. 그렇게 만들어놓으니 우리집 마당에 와서 밥을 먹는 아이들 중 단 한 녀석도 그 모기장 텃밭을 밟지 않았을뿐더러 망치지도 않았다. 모기장 텃밭 옆에 아이들이 일을 볼 수 있는 공간을 남겨두었기 때문일 것이다.

모기장 텃밭 말고도 토종 해바라기와 여주도 모종을 사서 담 옆에 심었다. 모기장 텃밭 옆에는 가지 모종을, 다른 편 텃밭에는 딸기 모종을 심었다. 작년 여름부터 동네 길냥이들이 화단에 싸놓은 똥들은 화단 가장 끝에 있는 명자나무 옆에 모아두었는데, 그 위에 흙을 덮고 작년에 거두었던 나팔꽃 씨앗을 뿌렸다. 동네 길냥이들 똥은 나팔꽃의 거름이 될 테고 새로 나팔꽃의 싹이 나고 자라면서 똥내도 나지 않을 것이다.

텃밭에서 흙을 만지면서 흘린 땀을 마당에 둔 의자에 앉아 식히는데 한기가 전혀 들지 않았다. 어느새 봄바람이 살랑살랑 불어온다. 바람이 부는데도 이제는 춥다기보다는 시원하다는 느낌이 든다. 진짜 봄이 온 것이다. 텃밭의 씨앗들은 언제쯤 새싹을 틔우려나? 매일매일 마당에 나가 괜히 모기장 안을 들여다본다고 텃밭 옆에 쭈그려 앉아 머리를 숙이고 모기장을 손으로 살짝 들어 안을 보기 위해 애쓴다. 새싹이 트기를 기다리며 내내 마음 졸이던 일주일여 동안 마당에 있던 명자나무와 목단이 고운 주홍빛과 커다란 자주색 꽃망울을 터뜨렸다.

그리고 세상의 모든 봄꽃이 피어났다. 성북천 주변

벚꽃 아래에는 사람들이 벌떼처럼 몰려들었다. 새싹은 차근차근 천천히 돋아나 모기장을 불쑥 들어올릴 정도로 자라 있었다. 이제는 모기장을 더 덮어둘 필요가 없었다. 모기장을 걷어버리자 당근과 순무와 아욱과 쑥갓은 더 쑥쑥 자랐다. 와! 새싹이 자라는 속도를 내 눈으로 좇기 어려울 정도였다. 다만 내가 씨앗을 뭉텅이로 뿌린 탓인지 틈도 없이 빽빽하게 자라 솎아주어야 했다. 그때부터 순무잎과 쑥갓을 넣은 샐러드와 비빔밥, 쌈이 식탁에 자주 올랐다. 순무잎은 여리고 부드럽고 물기가 많아 아삭아삭하면서도 특유의 쌉싸름한 맛이 일품이었다. 쑥갓은 삿갓쑥갓이었는데, 정말이지 뭉텅이로 씨앗을 뿌린 탓에 '솎다'라는 단어의 사전적 의미의 행동을 넘어서서 쑥갓밭의 '재건축'이 필요한 정도였다. 아무리 솎아도 솎아도 빽빽함은 줄어들지 않았고 자라는 속도도 너무 빨라 도저히 우리집 인간 둘의 입으로는 감당이 되지 않아 가족과 친구들에게 제발 우리집 쑥갓 좀 뜯어가달라고 부탁해야 했다. 거의 밀림처럼 자란 삿갓쑥갓의 잎은 힘이 있으면서 보드라웠고 막 뜯은 잎의 윤기는 싱그러웠다. 쌈으로 싸 먹을 때 입안을 가득 채운 향은 무어라 표현해야 할까, 절정의 씩씩한 쑥갓 향이었다.

아욱잎은 너무나 보드라웠다. 아욱잎을 뜯어 된장국을 끓이면 속을 확 정돈해주는 듯한 그 개운함과 구수함이 아욱을 사서 끓여 먹었던 이전의 맛과는 비교 불가였다. 텃밭에서 쑥쑥 자라는 윤기 가득한 잎들의 푸르름을 감상하며 뜯은 잎을 물로 씻어 손으로 툭툭 줄기를 분지르고 이로 씹고 혀로 맛보며 순무잎과 아욱잎, 끝에서 보랏빛이 감도는 아욱 줄기와 섬세한 당근잎의 아름다움과 삿갓쑥갓 잎의 강함에 매료되었다. 아니 그 아름다움을 처음 경험했고 제대로 알게 되었다. 경이롭고 경탄스러웠다.

이것이 끝이 아니었다. 가지에 꽃이 피었다가 떨어진 자리에는 열매가 달리기 시작했다. 가지 열매의 크기는 제각각이었다. 보랏빛 윤기가 봄 햇살을 받아 반짝였다. 눈이 부셨다. 다음에는 앵두 열매가 맺히기 시작했고 텃밭의 딸기도 몇 알 따서 먹었다. 겨우 몇 알에 불과했지만 작은 딸기의 맛은 달았고 오돌토돌한 작은 원뿔형 씨앗을 품고 있는 딸기의 과육은 단단했다. 이 딸기의 맛과 향, 과육의 느낌 역시 처음 경험하는 것이었다. 6월 초가 되자 앵두가 붉게 물들었는데, 왜 아름다운 여인의 입술을 앵둣빛이라고 칭송하는지 알 수 있는 그런 청춘의 빛깔이었다. 앵둣빛이 이렇게 아름답고 오묘한 색깔인지 처음 알게 되었다. 나는 내 손으로 직접 기르면서 오롯이 자연을 새로 경험하고 있었고 매일매일 경탄하며 경이롭게 그 자연의 변화를 완벽하게 내 것으로 흡수하고 있었다. 나에게는 이런 자연의 힘이 필요했다.

언제부터인가 나 자신이 몹시 메말라가고 있음을 알고 있었다. 기쁨, 즐거움, 행복, 슬픔, 괴로움 등의 감정을 느끼는 것을 불편해했고 언제나 늘 일정한 평온함을 가지려고 노력했다. 정말 슬플 때조차 표현하지 못했고 즐겁고 행복하다고 느끼면 어색해했다. 매일매일 해야 하는 일들을 제때에 하기 위해, 잘 처리하기 위해 불필요한 감정에 휘말리지 않으려고 노력했다. 매사 '예스'를 하기 위해 노력했고 남의 기분에 항상 과하게 신경을 썼다. 10년 넘게 파주에 있는 회사에 다니면서 길바닥에 하루 3, 4시간을 버렸고 짐짝처럼 광역버스에 몸을 싣고 옮겨 다니고 사람들로 꽉 찬 지하철 2호선에서 스마트폰만 응시하며 다른 어느 곳에도 시선을 두지 않았다. 허겁지겁 회사에 도착하면 거의 온종일 커피를 입에 달고 살았고 저녁 해가 지고 껌껌해져서야 늦은 귀갓길을 서

둘렀다. 그렇게 자유로를 질주하는 광역버스나 심야 택시 차창 밖에 펼쳐진 한강의 어둑한 그림자만 눈으로 좇을 수 있었을 뿐이다. 당시 내가 느낄 수 있는 자연은 어디에도 없었다. 자연의 변화에 무감했고 비나 눈이 오면 좋아하기는 했지만 잠깐 내리는 비를 보거나 날리는 눈을 보며 담배 한 대 피웠을 뿐 다시 자리로 돌아와 고개를 처박고 일했다. 늦은 밤 집에 돌아오면 하루종일 홀로 있었던 강아지 호세와 불곰이, 큰곰이, 불순이, 흑곰이 네 냥이 가족에게, 그리고 남편에게 미안했다. 그냥 집에만 두고 함께 시간을 보내지 못하는 아이들에게 너무 미안했다. 돈을 벌기 위해 일을 해야 했지만 그것이 가족과 함께하지 못하는 핑계가 되고 변명이 되어 굳어갔다.

이런 삶의 방식 혹은 일상을 바꾸어야 한다고 느끼기 시작한 것은 언제부터였을까? 아마 내가 번 돈을 어디에 쓰고 있는지 제대로 깨닫고 난 뒤부터였을 것이다. 버는 돈의 반 이상을 쓰지 않아도 되는 곳에 낭비하고 있었다. 물질과의 관계를 욕구가 아니라 필요에 맞게 다시 정리해야 했다. 쉽지 않은 일이었다. 어디서 아름다움을 느낄 것인지, 어디서 기쁨과 즐거움을 느낄 것인지, 무엇을 하고 있을 때 행복한지에 대해 다시 물어야 했다. 갖고 싶은 것을 사면서 쉽게 만족하고 그것을 살 수 있는 내 삶은 그럭저럭 괜찮다고 자위했던 마음을 버리고 내 삶을, 일상을, 시간을 무엇으로 채워야 할지에 대한 고민이 필요했다. 호세와 불곰이 가족을 쓰다듬어주면서, 좋아하는 음악을 들으면서, 좋아하는 작가의 책을 시간을 들여 찬찬히 읽으면서, 남편과 손을 잡고 산책하면서, 흙을 만지고 좋아하는 나무와 화초를 키우면서, 봄바람과 여름 소나기와 청명한 가을 하늘과 겨울 눈을 느끼고 바라보고 맞으면서 시간을 보내는 것이 가장 기쁘고 즐겁고 행복하다면 그런 시간으로 내 시간을 채우려고 노력해야 한다는 사실을 깨닫는 데는 다행히 오래 걸리지 않았다. 그렇게 퇴사하고 나를 위한 시간으로, 가족을 위한 시간으로 내 모든 시간을 채웠다.

나를 지킨, 나에게 필요했던 자연의 힘은 과연 무엇인가? 그 힘은 다른 무엇도 아닌 아름다움을 느낄 수 있는 감정이었고 감각이었던 것 같다. 어린싹부터 씩씩하게 자라는 청춘기의 잎과 그렇게 예쁠지 몰랐던 작고 앙증맞은 꽃과 작고 단단한 씨앗까지 그 모든 아름다운 것을 아름답다고 느낄 수 있는 감각의 해빙과 개화가 필요했던 것이다. 그렇게 얼어붙어 있던 감각이 녹아 피어나자 내 일상은 풍요로워졌다. 물질적으로 부유하지는 않았지만 정신은 자유로워졌다. 매일매일 새로웠고, 작년 봄과 올해 봄이 달랐으며, 어제의 구름과 오늘의 구름이 달랐다. 그렇게 새롭게 발견한 아름다움을 가장 아름다운 모습으로 자개로 표현하는 것, 다른 사람이 아닌 내가 느낀 아름다움을 내 방식으로 자개로 표현하는 것, 경이롭게 느끼고 경탄하며 바라보았던 그 모든 아름다운 것을 자개로 표현하는 것, 그것을 하기 위해 노력한다는 것, 그것을 하면서 온전히 나로 살 수 있다는 것이 내 자개 디자인 생활의 가장 큰 즐거움이다.

5월,
대동강 물에 흩뿌려진 눈물

남풍은 남에서 불어와 남풍이다. 한반도 저 아래 남쪽 따뜻한 곳에서 불어오는 바람이 평양 대동강 물을 녹이는 것은 언제쯤일까? 그 바람은 언제 대동강 변의 버드나무를 싹트게 하는 것일까? 그 버드나무에 새잎이 돋고 푸르러지려면 그 바람에 어느 정도의 온기가 실려 있어야 하는 것일까?

기후변화로 요즘 서울은 3월 말에서 4월 초중순까지 봄에 순차적으로 피던 꽃들이 일제히 다 피고 지기까지 한다. 올해는 벚꽃 개화 시기가 예년보다 일주일·이상 빨랐다. 서울시 내 벚꽃 명소의 벚꽃 축제 기간을 앞서서 피고 져버린 것이다. 지금 내가 살고 있는 동네에도 천을 따라 벚나무가 즐비한데, 벚꽃이 피는 시기에는 주변 식당과 주점에 앉을 자리가 없다. 이른바 벚꽃 특수다. 그렇게 꽃은 일주일 정도 사람들을 인산인해로 몰려들게 하더니 정확하게 축제 시작 하루 전에 내린 비에 거의 져 버렸다. 때 이른 봄이었다.

비가 내린 뒤 올 4월은 따뜻해지지 않고 추워졌다. 고등학교 시절 영어 공부를 할 때 마음에 들어 외워둔 문장이 있다. "In April, each rainfall brings the summer." 그런데 지금 이 문장을 쓰고 보니 April이 아니라 May였는지, each가 아니라 every였는지 헷갈린다. 여하튼 '봄비가 내리면 날씨가 이전보다 따뜻해진다'는 의미를 담은 이 문장을 기억하고 있는 이유는 이 짧은 문장 속에 들어 있는 계절 감각 때문이었다. 그래서 고등학교 시절 이후 지금까지도 봄비가 내리면 '내일은 더 따뜻해지겠군!' 하고 생각해왔다. 하지만 올해 4월의 비는 그렇지 않았다. 비가 내리고 날이 추워졌다가 다시 예년 기온을 회복하면 다시 비가 내리고 추워졌다. 그에 맞추어 집안의 보일러도 틀었다가 끄기를 반복했다.

작년부터 텃밭 농사를 하면서 페이스북에 농사 관련 이야기를 누가 쓰면 관심 있게 보곤 한다. 열매를 보려고 심는 작물의 경우는 4월에도 냉해가 있을 수 있으므로

5월 어린이날과 어버이날 사이에 모종을 심어야 한다는 이야기를 얼마 전 페이스북에서 보고 과연 그렇구나 싶었다. 그래서인가 봄이면 모종을 사러 가는 단골 화원에도 판매하는 모종이 순차적으로 바뀐다. 고추와 가지는 그래도 4월 중순부터 팔기 시작하여 가지를 사서 심었다. 4월 중에는 날씨가 좋지 않아 가지가 자라는 속도가 더디더니 5월이 되자 확연히 빨라졌다. 땅의 냉기가 다 가시고 깊은 곳까지 봄의 따뜻한 기운이 퍼지려면 5월이 되어야 하는구나. 그러니 서울보다 한참 북쪽에 있는 평양의 대동강 변 버드나무는 언제 푸르러질까.

태어나 고등학교 때까지 살았던 고향집 근처에는 원래 천이 흘렀다. 그 천을 복개하여 양방향 10차선이 넘는 넓은 도로로 만든 것이 초등학교를 다니던 때였던가, 중학교를 다니던 때였던가 기억이 정확히 나지 않는다. 원래는 중앙에 양방향 2차선의 아스팔트 도로가 있었다. 그 양옆으로는 흙길이었고 우리집 쪽 방향의 길 끝에는 천이 흘렀다. 길보다 낮게 흐르던 그 천 옆으로는 수양 버들이 줄지어 자랐다. 아버지와 엄마가 장을 보러 다니시던, 가끔은 나도 시장바구니를 들고 따라나섰던 재래

시장은 그 2차선 도로를 넘으면 있었다. 집에서 걸어서 5분이면 갈 수 있었던 그 재래시장은 그 지역의 중심 상권이어서 명절 때 장을 보러 가시는 엄마를 따라가면 사람들 사이를 비집고 앞서가는 엄마를 놓치지 않기 위해 애를 써야 했다. 복개되기 전에는 포장마차들이 천을 따라 늘어서 있었고 가끔 그곳에서 국수를 사 먹기도 했다. 술을 좋아하시는 아버지는 닭똥집 같은 안주를 시켜 소주를 드시기도 했다. 술을 드시는 아버지 옆에서 서비스로 나오는 홍합탕을 같이 먹기도 했다. 해가 길어지기 시작하는 봄, 시장 편으로 지는 해를 바라보며 그 천을 따라 걸으면 길게 늘어진 수양버들 가지와 잎이 마치 아름다운 여인의 머리칼처럼 느껴졌다. 그때 산들산들 불어오는 봄바람에는 온갖 과일과 꽃 향기가 실려 있었다.

고려의 문인 정지상이 임을 떠나보내던 그때의 평양 대동강에는 어떤 바람이 불었을까? "별루연연첨록파(別淚年年添綠波)"는 그의 한시 「송인(送人)」의 한 구절이다. 임을 보내고 흐르는 눈물이 해마다 대동강의 푸른빛을 더한다는 의미의 이 구절을 읽을 때마다 나는 어쩐지 대동강 변에 수양버들이 줄지어 있을 것이라는 상상을 했다. 그것은 아마도 어릴 때 좋아하던 고향집 근처 천과 그 주변에 있던 수양버들의 이미지가 각인되어 있었기 때문일 것이다. 길게 늘어진 가지가 강 수면에 닿아 있는 모습이 마치 임을 보낸 슬픔에 흘리는 눈물이 강물로 흩뿌려지는 이미지로 연상되었던 것이다.

정지상이 쓴 이 구절을 자개로 표현하고 싶었다. 수양버들이 길게 늘어선 내 마음속 강변 모습으로 대동강 변의 풍경을 그려보고 싶었다. 그래서 다시 수양버들 군락을 보고 싶었지만 만나기가 쉽지 않았다. 어릴 때 주변에서 흔히 볼 수 있었던 수양버들은 이제 거의 사라지고 없다. 다 베어버린 것이다. 아마 꽃가루가 그 이유 중 하나인 것 같다. 어릴 때 텔레비전에서 수양버들의 꽃가루가 눈병을 유발한다는 뉴스를 자주 들었던 기억이 난다. 게다가 도로를 넓히기 위해 천을 복개하는 일이 많았던 1980년대와 1990년대에 방해가 되는 수양버들을 다 베어버린 탓일 터다.

수양버들 군락지를 만난 것은 순전히 우연이었다. 2022년 여름 부부 동반으로 선배네와 함께 부여와 공주로 1박 2일 여행을 다녀왔다. 부여에서는 낮에 백마강에서 배를 타고 고란사에 갔다가 이른 저녁을 먹고 궁남지를 산책했다. 여름이 절정이었던 때라 해는 그때까지도 머리 위에 있었다. 궁남지는 세상의 모든 연꽃을 모아놓은, 일종의 연꽃 박물관이었다. 연꽃은 만발해 있었고 수많은 그 모든 연꽃이 뿜어내는 향기는 정신을 잃게 할 정도였다. 아주 세련된 향기였다. 도회적 세련됨이 아니라 신(神)의 향기 같은, 그래서 우아함과 세련됨이라는 단어의 본래적 의미에 가장 잘 부합하는 듯한 향이었다. 해가 서쪽으로 점점 내려앉아 저 멀리 있는 산에 걸리기 시작했을 때 노을이 연못을 물들이는 궁남지는 그 자체로 예술이었다. 그리고 그 궁남지 제일 가운데 있는 가장 큰 연못에서 수양버들 군락지를 만났다.

내가 부여와 공주를 여행하자고 제안을 했을 때 내 머릿속에는 백제 문화권의 유적을 제대로 보고 싶다는 것뿐이었다. 그저 백마강과 공산성, 박물관을 꼭 가보고 싶다는 정도였다. 궁남지는 선배의 제안으로 가게 된 곳이었고 가기 전까지는 궁남지에 대해 알고 있는 것이 전혀 없었다. 그런데 그곳에서 내가 찾던 수양버들 군락지를 만나게 된 것이었다. 궁남지의 수양버들은 내 기억 속의 고향집 옆 수양버들과 닮아 있었다. 궁남지의 연원에 대해서는 잘 알지 못하지만, 그래서 궁남지의 수양버들이 언제부터 그 자리에 있었던 것인지 아는 척 말하기는 어렵지만 내 나이만큼 나이를 먹어 보였고, 덩굴이 지탱할 자리를 찾지 못하고 늘어진 것처럼 긴 잎이 달린 가지는 늘어져 궁남지 수면에 닿아 있었다. 수양버들 가지가 늘어진 궁남지의 수면은 온통 초록의 푸른빛이었다.

자개는 보는 각도에 따라 빛깔이 다양하다. 단 하나의 색을 내는 자개는 없다. 그럼에도 불구하고 앞에서 볼 때 가장 우세한 색깔에 따라 백진주패, 흑진주패, 야광패, 뉴질랜드패 등으로 부른다. 백진주패는 백색, 흑진주패는 검은빛, 야광패는 야광빛, 뉴질랜드패는 청색이 우세하다. 안타깝게도 빨간색이나 보라색, 녹색이 선명한 자개는 없다. 그렇기에 빨간색이나 녹색, 보라색 등을 작품에 넣고 싶을 때는 자개를 다 붙이고 마지막 광내기 작업까지 마친 뒤에 색옻으로 그림을 그리듯 칠하기도 한다. 특히 꽃의 색감을 살리고 싶을 때 많이 쓰는 방법이다. 만약 자개 자체로 그런 색감을 표현하고 싶다면 자개 뒷면에 원하는 색깔의 옻칠을 하고 말린 뒤 그 자개로 꽃이든 잎이든 표현한다. 나 역시 여러 종류의 자개 뒷면에 다양한 색옻을 칠해 말려두고 그때그때 원하는 색감에 맞추어 자개를 주름질로 잘라 붙이거나 끊음질 혹은 할 패법을 사용하여 표현한다. 나의 개인적인 취향은 색옻 칠을 기물에 하는 것보다는 가능한 방법을 찾아 모두 자 개로 표현하는 것을 좋아한다. 자개 뒤에 색옻칠을 해서 붙이면 보는 각도에 따라 색이 더 다양하게 표현된다. 백 진주패에 붉은색 옻칠을 하면 동백꽃의 붉은빛이 감돈 다. 그 자개를 붙인 작품을 정면에서 볼 때는 자개의 원 래 색이 보이지만 측면에서 보면 붉은빛이 드러난다.

대동강 변의 수양버들은 자개 뒤편에 진초록을 칠해 말린 뒤 긴 잎 모양대로 잘라 길게 늘어진 가지 옆에 붙 이고 나무의 기둥은 더 어두운 흑진주패로 만들어볼 요 량이다. 그리고 대동강 변에 더해진 초록 눈물은 초록색 칠로 뒷면을 칠해 말린 자개를 불규칙적으로 길게 자른 뒤 그것을 끊음질하듯 이어붙이면서 바람에 일렁이는 대동강의 수면을, 임을 보낸 슬픔으로 가득한 그 마음을 표현해볼 것이다. 작품명은 '별루연연첨록파(別淚年年 添綠波)'다. 전각하여 인주를 묻혀 종이에 찍은 뒤 자개 에 붙여 주름질로 오려내고 작품 왼쪽 하단에 붙이고 광 내기까지 끝내고 나서 내 낙관을 주칠로 그려넣을 것이 다. 이렇게 쓰고 나니 어서 이 작품 작업을 시작하고 싶다. 두근두근, 새로운 작품을 구상하는 작업을 할 때면 언제나 이렇게 가슴이 뛰고 기분이 좋아지고, 빨리 그 작업을 하고 싶어 안달을 낸다. 마음이 또 혼자서 저만치 앞서간다.

6월,
'붕붕' 벌들의 날갯짓 소리

아까시나무 꽃이 만발하여 대기에 그 향이 가득한 초여름 밤은 언제나 마음이 일렁인다. 나는 어릴 때부터 아까시나무 꽃향기를 무척 좋아했다. 지금은 시판되지 않지만 내가 어릴 때는 아까시나무 꽃향기가 나는 샴푸가 있었다. 그 샴푸로 머리를 감고 물기가 촉촉하게 남아 있는 상태에서 마루에 드러누워 젖은 머리칼을 얼굴 위에 올려 향기를 맡으며 낮잠을 자곤 했다.

내가 초등학교를 다닐 때 해마다 어린이날은 아버지와 함께 소풍을 갔다. 자주 갔던 곳은 뒷산인 무등산이었다. 무등산에 있는 광주 제4수원지 근처의 나무 그늘이 있는 풀밭에 앉아 아버지는 같이 오신 친구분과 술을 드셨고 나와 언니, 여동생과 남동생 넷을 방목하시듯 알아서 놀게 두셨다. 우리 넷은 여기저기 돌아다니며 꽃도

따고 근처 냇가에서 돌도 던지고 곤충을 잡으면서 놀았다. 그러다 조금 지루해지면 아까시나무 줄기를 꺾어 잎을 하나씩 따면서 마음속으로 바라는 것이 이루어질 것인지 잎의 개수로 맞추어보곤 했다. 한 번은 이루어진다가 되기도 했고, 다음은 아니다로 끝나기도 했다. '이루어진다'가 '아니다'보다 많이 나올 때까지 몇 번을 연거푸 하여 이루어질 것이라는 기대가 꺾이지 않도록 하는 것이 가장 중요했다. 당시 어린이날 즈음은 아까시나무 꽃이 피기에는 일렀다. 요즘은 아까시나무 꽃이 피는 시기도 많이 앞당겨져 따뜻한 남쪽에서는 5월 초부터 꽃이 피기 시작하는 것 같다. 올해도 친구가 5월 초에 남쪽에서 아까시나무 꽃 소식을 전했다. 아까시나무 꽃으로 튀김을 만들어 그날 저녁에 먹을 것이라고 했다.

양봉을 하는 사람들은 두 부류로 나뉜다고 한다. 한 곳에 정착하여 벌집을 두고 근처에서 순차적으로 피는 꽃에서 벌이 꿀을 모으도록 하는 경우와 개화 시기에 맞추어 남쪽에서부터 북쪽까지 벌과 함께 차로 이동하며 대량으로 꿀을 모으는 경우다. 전자는 아무래도 다양한 밀원식물이 많은 곳에서 해야 할 테고, 후자는 대량으로 채집하기 때문에 주로 최대의 밀원식물인 아까시나무 개화 시기에 맞추어 이동한다. 아까시나무 꽃이 가장 먼저 피는 한반도 남단에서부터 북쪽으로 이동하는 벌들을 상상하면 머릿속에 엄청난 소리가 메아리치듯 울려퍼진다. "붕붕붕붕붕……." 수많은 벌이 본능에 따라 꽃을 향해 정확히 날아가 꿀을 딴 뒤 제집으로 돌아오는 장면을 그려보면 환청처럼 이 '붕붕' 벌들의 날갯짓 소리가 함께 들리는 듯하다. 나에게 '붕붕'이라는 글자는 어떤 의미가 아니라 벌들의 날갯짓 소리로 먼저 다가온다.

살면서 벌을 무서워하는 사람은 많이 보았지만 벌을 무서워하지 않는 사람을 만난 적은 없다. 나 역시도 벌을 무서워한다. 볕 좋은 6월 아직은 선선한 오전에 집 마당에 나가 텃밭에서 자라는 식물들을 살펴보고 있으면 벌이 날아와 내 귓가에서 '붕붕'거릴 때가 있다. 그러면 나는 숨을 죽이고 가만히 있으면서 벌이 멀리 날아가기를 기다린다. 한참 그렇게 있다가 벌이 조금 멀리 날아간 듯 싶으면 외마디 비명을 지르며 후다닥 집 안으로 뛰어들어가 벌이 아주 멀리 날아갔을 것이라는 확신이 들기 전까지는 다시 마당으로 나오지 않는다. 어릴 때 벌에 쏘인 적이 있었는데, 무등산에 놀러 갔다가 생긴 일이었다. 마시던 사이다 병을 탁자 위에 두었다가 다시 마시려고 병을 든 순간 병 주둥이에 앉아 있던 벌에게 손가락을 쏘인 것이다. 쏘인 손가락은 퉁퉁 부었고 머리가 아프고 어지러워서 나는 더이상 놀지 못했다. 퉁퉁 부은 손가락이 아프고 부기가 가라앉지 않아 그후 며칠 동안 끙끙 앓으며 고생했던 기억이 잊히지 않는다. 나에게 '붕붕'은 의성어다.

출판사를 다니며 기획을 시작하고 10년간 경기도 파주로 출근했다. 서울 집에서 대중교통을 이용하여 파주출판단지를 가려면 합정역 정류장에서 광역버스를 타야 했다. 반대로 파주에서 집으로 돌아오려면 광역버스를 탄 뒤 합정역 정류장에서 내려 지하철로 갈아타고 집에 갔다. 그래서 퇴근 후 동료들이나 친구들과 술을 마시거나 저자와 미팅을 할 때도 합정역 인근에서 하는 경우가 많았다.

내가 다녔던 첫 출판사의 동료가 새로 1인 출판사를 차린 뒤 몇 번 만나 술을 마시게 되었다. 출판사를 같이 다닐 때는 친할 기회가 없었던 이였다. 사실은 친할 기회가 없었던 것이 아니라 친하게 지내려는 마음이 없었던 것일 수도 있다. 그와 나는 각자 담당하는 팀의 분야가 인문팀과 수학팀으로 거리가 있었고(인문서를 만드는 사람들은 수학을 어려워하는, 아니 무서워하는 것 같다) 과묵한 성격이었던 그와 달리 나는 모든 것을 '마이웨이(my way)'로 하는 성격(그렇게 보일 뿐 사실은 아니라고 강변하고 싶지만)이었던 터라 서로 어울리기 어려웠다.

그렇게 몇 년을 소 닭 보듯 지내던 그와 내가 어느새 친구가 되어 있었다. 그가 1인 출판사를 차리고 몇 년 뒤 나는 다니던 두번째 출판사를 그만두면서 받아두었던 원고 중 하나를 그가 운영하는 출판사로 출판권을 옮겨주었다. 그래서였을까? 그가 나를 한 술집으로 데려갔다. 그전에는 데리고 가지 않았던 곳이었다. 친한 친구들과 가는 곳이라며 나를 이끌었다. 그곳의 이름이 '붕붕'이었다! 그 술집 앞 벽에는 '朋朋', 한자로 쓰인 동그란 간판이 달려 있었다. 술집 붕붕의 주인장은 내 친구가 처음 다녔던 출판사의 동료였다고 했다. 그 이후로 합정역 인근에 있던 술집 붕붕은 내 단골집이 되었다.

회사를 퇴사하고 난 뒤 나는 서울 삼성동에 위치한 한국전통공예건축학교에 거의 매일 다녔다. 퇴사하기 전 토요일에는 각자(刻字)반을, 일요일에는 단기 소목(小木)반에 이어 창호(窓戶)반을 다녔다. 퇴사하기 2년 전부터 다녔으니 그 2년 동안 쉬는 날이 하루도 없었던 셈이다. 각자반이든 창호반이든 대개 정규 강좌는 기초반, 연구반, 전문반 각 1년씩 3년 과정으로 구성되어 있었다. 퇴사했던 해에 나는 각자반은 연구반이었고, 창호반은 기초반이었다. 퇴사한 다음해에 각자반은 3년 차인 전문반을, 창호반은 2년 차인 연구반을 다니면서 2년치 과정을 1년 동안 집중하여 끝내는 소목집중반과 나전칠기반, 소반(小盤)반 등을 더 등록하여 다녔다. 하루나 이틀을 빼고는 거의 매일 학교에 나가 전통 목공예와 칠공예를 배웠다. 그렇게 퇴사한 다음의 한 해를 마치고 나는 원래 하려고 했던 소목이 아니라 나전칠기 작품을 만드는 일을 시작했다. 자개 디자인을 시작한 뒤 간혹 친구들과 술을 마시기 위해 간 술집 붕붕에 벌들의 날갯짓 소리를 채우고 싶다는 열망이 가득 차올랐다.

술집 붕붕으로 나를 인도해준 친구가 주인장과 막역한 사이였기에 가능한 일이었을까. 나 역시 주인장에게 편하게 이런저런 말을 건넬 수 있는 사이가 되었기 때문이었을까. 취기 때문이었을까. 나는 주인장에게 "자개를 좋아해요?"라고 묻고 있었고, "붕붕은 어떻게 지은 이름이야?"라고도 묻고 있었다. "붕붕이라는 단어에는 달이 네 개나 있다. 달이 휘영청 떠 있는 달 밝은 밤, 달을 바라보며 사람들이 술을 즐겁게 마시면 좋을 것 같아서, 기왕이면 달이 더 많으면 더 좋을 것 같아서"라고 주인장이 말했다. 나는 '붕붕'이라는 이름에 담고 싶은 이미지를 주인장에게 이야기했다. 벌들이 꿀을 모으기 위해 부지런히 날아다니는 소리, 그 소리를 담고 싶다고. 그렇게 술집 붕붕에 걸릴 나전칠기의 자개 디자인의 스케치가 그려졌다. 꽃을 찾아 날아다니는 벌들과 '朋朋'이 한자를 함께 디자인하기로 결정하고 스케치했다.

당시 나에게는 쓰임새를 결정하지 못했던 나무토막이 여러 개 있었다. 각자반의 한 선배님이 주었던 것인데, 나무의 큰 줄기 부분을 가로로 자른 토막들이었다. 동그란 모양의 토막에는 몇 개의 꽃과 벌들을 넣고, 직사각형의 다른 나무토막에는 '朋朋'을 디자인하여 넣기로 했다. 날아다니는 벌들이 함께 몰려 있지 않는 한 여러 마리를 넣으려면 아주 큰 크기의 나무판이 필요한데, 술집 붕붕에는 그렇게 큰 나무판을 걸 자리가 없기도 하거니와 작업시간이 작은 나무토막 여러 개에 하는 것보다 엄청 길어진다. 또 작은 토막 여러 개로 나누어 작업하면 토막이 분리되어 있기 때문에 벌들 사이의 공간감을 표현하기 더 쉬워진다.

기물을 무엇으로 할지 결정했으니 다음은 어떤 꽃을 넣을지 선택해야 했는데, 답은 이미 정해져 있었다. 아까시나무다. 아까시나무 외에 다른 것은 생각하지도 않았다. 그 몇 해 전 다른 이유 때문에 아까시나무 꽃에 날아드는 벌을 직접 보기 위해 집 근처 산에 올랐던 적이 있었다. 그때 직접 관찰하고 찍어둔 사진이 있었다. 아까시나무 꽃과 그 꽃 위에 앉아 있는, 그 꽃을 향해 날아오던 벌을 모두 직접 눈으로 관찰하고 사진을 찍어두었다. 그 사진을 기반으로 형태를 단순화하여 아까시나무 꽃과 벌을 디자인했다. 지름이 가장 긴 나무판에는 아까시나무 꽃과 벌을, 그다음 크기의 나무판에는 야생국화와 벌을, 그보다 작은 나무토막에는 날아다니는 벌을 넣었다.

그리고 붕(朋)자를 디자인했다. 붕자는 달 두 개를 겹쳐 쓴 글자지만 '달'과는 아무 관계가 없었다. 화폐로 쓰였던 귀한 조개를 엮어놓은 모양(拜)을 표현한 것으로 '돈뭉치'를 뜻했으나 금속 화폐가 등장하면서 본래의 의미를 잃고 '벗(友)'의 의미를 갖게 되었다고 한다. 그래서 나는 술집 입구에 아름다운 색의 귀한 조개를 엮어 발 [珠簾]을 걸어두고 하늘 위에는 달을, 발이 걸린 술집 안쪽에는 작은 탁자 위에 술병과 술잔을, 그리고 산들바람이 불어 막 꽃잎이 날리기 시작한 벚꽃 잎을 넣었다. 그 산들바람에 귀한 조개를 엮은 실도 날리고, 벚꽃 잎은 술병과 술잔이 놓인 탁자 위로 날아든다. 봉봉 주인장이 봉봉에 온 손님들이 경험하기를 바랄, 혹은 주인장이 만나고 싶은 풍경을 그렇게 디자인했다.

디자인을 스케치하고 자개를 디자인대로 오리고 나무에 붙이고(그 전에 나무에 자개를 붙일 수 있는 단계까지 만들고) 다시 흑칠을 여러 번 해서 자개 두께만큼 칠을 올리고 마지막 광내기 작업을 하기까지 디자인을 끝낸 뒤로부터 여러 달이 걸렸다. 광내기를 끝낸 여러 개의 나무를 이제는 어떻게 배치해야 하는가의 문제가 남았다. 애초에는 술집 봉봉의 벽 위쪽 곳곳에 나무들을 붙이고 조명을 각각 비추고 싶었으나 조명을 따로 여러 대 설치하기 어려운 상황이었다. 그래서 그 나무판 여섯 개를 큰 나무판 하나에 고정하여 하나로 완성하기로 했다. 바닥판이 될 나무는 다시 여러 가지 색옻칠을 수채화처럼 겹겹이 칠했다. 한 가지 색을 칠하고 마르면 다른 색을 덧

칠하는 과정을 반복하여 여러 색이 다 살아 있으면서도 색이 합쳐져 새로운 색이 되게끔 말이다. 그렇게 완성된 바닥판에 자개를 붙인 나무토막들을 모두 고정하고 왼쪽 하단에 내 낙관을 새겼다. 그리고 바닥판 뒷면에 와이어를 달아 벽면에 고정할 수 있게 만들었다.

작품을 완성하여 붕붕으로 가는 발걸음이 얼마나 즐거웠던지. 처음으로 작품을 직접 보고 기쁜 표정을 짓는 붕붕 주인장을 바라보는 내 기분은 얼마나 좋았던지. 하지만 바로 벽에 달아주지는 않았다. 협상을 해야 했으니까. 내가 이 작품을 하고 싶다는 생각을 할 때부터 결심한 것이 하나 있었다. 엄청나게 뛰어난 작품은 아닐지라도 자개를 디자인하고, 나전칠기를 만드는 내 재능을 주문을 받아 돈을 버는, 이른바 호구지책으로만은 쓰지 않겠다고. 내가 원하는 세상을 만드는 데 조금이라도 기여하고 싶었다. 그때나 지금이나 내가 어떤 재능을 갖고 있다면 내가 바라는 바를 이루기 위해 그 재능을 기꺼이 나누고 싶다는 마음이 있었고, 무엇보다 자개 디자인을 계속할 수 있도록 나에게 힘을 준 존재인 길냥이들을 위해 무언가를 하고 싶었다. 그래서 붕붕 주인장에게 두 가지 중 하나를 선택해달라고 요청했다. 그리고 가능하다면 그 두 가지 중 후자를 선택해주기를 바란다는 말도 덧붙였다. 첫번째는 돈을 주고 내 작품을 사는 것, 두번째는 가게 옆 가능한 공간에 길냥이들을 위한 자리를 마련하고 밥과 물을 놓아달라는 것이었다. 붕붕 주인장은 내 바람대로 후자를 선택했다. 나는 길냥이에게 밥을 줘본 적 없는 주인장을 위해 사료도 추천하고 자리를 만드는 요령도 알려주었다. 그리고 그날 술집 붕붕에는 내 작품이 걸렸다. 나와 주인장은 작품을 벽에 걸어두고 바라보며 즐겁게 한 잔 마셨다.

사실 나는 나전칠기뿐 아니라 글씨를 새긴 현판 등을 만들어주고 작품을 받는 이에게 그 대가로 그의 집이나 회사 근처의 길냥이에게 밥을 챙겨달라는 요청을 지속적으로 해왔다. 내가 혼자서, 아니 몇몇 봉사자의 힘으로 세상의 모든 길냥이를 살피기란 힘들다. 나는 길냥이를 도와줄 수 있는 사람의 수를 늘려야 한다고, 그래서 내가 할 수 있는 힘껏, 아니 내가 할 수 있는 정도라도, 단 몇 명의 사람이라도 그렇게 길냥이를 위하는 사람의 수를 늘리는 데 노력하기로 마음먹었다. 다행히 지금까지 내 요청을 거절하거나 싫어하는 이는 만나지 않았다. 물론 그 요청을 받아들이지 않을 법한 사람을 내가 만나오지 않았다고 말하는 것이 더 정확할 것이다. 술집 붕붕 이후에도 나는 길냥이를 위해 자개 디자인을 계속하고 있고 할 수 있는 한 계속할 것이다.

합정에 있던 술집 붕붕은 이제 없어졌다. 작품을 걸고 2년 뒤 충전을 위해 주인장은 장사를 접었다. 마지막으로 붕붕에 간 날 나는 다시 주인장과 작품을 어떻게 할지 이야기를 나누었다. 내가 원하는 것은 이 작품이 개인적인 공간이 아니라 '붕붕'이라는 상업적인 공간에 계속 걸려 있는 것이라고, 그래서 주인장이 조금 쉬고 난 뒤에 '붕붕2'를 열었으면 좋겠다고, 그렇게 된다면 내가 원래의 작품에 손볼 부분이 있다면 손을 보고 또 벌들을 자개로 더 만들어서 벌들의 '붕붕' 소리로 가득찬 더 멋진 작품을 걸어주겠다고. 우리는 내 바람대로 합의했고 '붕붕2'가 열릴 날을 기약하며 술잔을 기울였다.

내 작품을 좋아하고 좋아해주는 이를 만나는 것은 나에게 기쁨이자 이 일을 계속하게 만들어주는 원동력이다. 그들이 없었다면 과연 내가 자개 디자인을 계속할 수 있었을까? 나를 계속 나아가게 했던 이들이여, 그대들이 너무나도 고맙다.

7월,
여름밤 하늘을 수놓은 은하수

어릴 적 내 꿈은 우주비행사였다. 1969년 12월에 태어난 나는 그해 7월 20일에 일어난 인류 역사의 기념비적 사건에 어린 시절 내내 경도되었다. 아폴로 11호가 달에 착륙하고 선장 닐 암스트롱과 동료 버즈 올드린이 달 표면에 첫발을 내디딘 사건 말이다. 지금 돌이켜 생각해보면 1970년대는 과학과 기술에 대한 환희가 넘쳐나던 시대였다. 어디서나 과학기술이 가져올 황금빛 미래에 대해 이야기했다. 무언가 운명론적인 색채를 갖고 싶었던 나는 7월 20일에 내가 태어나지 않았다는 사실이 항상 아쉬웠다. 달에 착륙한 그날 태어났다면 나는 정말 우주비행사가 되어야 할 운명을 타고났을 테고 내 꿈이 꼭 실현될 것이라고 초등학교 시절 내내 생각했다.

초등학교 시절 내가 가장 좋아하는 일은 책 읽기였다. 매일 한두 권씩 읽었다. 내가 태어나고 자랐던 당시 우리집은 마당이 긴 단층 양옥이었다. 대문을 열고 들어와 마당을 3분의 1 정도 넘어오면 집이 있었다. 대문 앞에서 3분의 1까지는 작은 서점과 그보다 더 작은 잡화점이 있는 별채가 있었다. 그 서점과 잡화점은 우리집이 세를 놓은 가게였다. 무엇보다 서점은 대문을 나가지 않고도 서점으로 통하는 중간 문을 이용하여 드나들 수 있었고, 이른바 주인집 딸인 나는 그 이점을 활용하여 아주 빨리 읽고 깨끗한 상태로 본 흔적 없이 돌려놓는다는 조건 아래 어떤 책이든 집에 가져가 읽을 수 있었다. 가장 많이 읽었던 장르는 추리소설과 SF물이었다. 괴도 뤼팽과 셜록 홈스 시리즈가 작은 책으로 나와 있었는데, 출판사가 어디였는지는 지금 전혀 기억나지 않는다. 거의 한두 시간이면 책 한 권을 다 읽을 수 있었다. 무척 재미있어서 한 권을 후딱 읽고 다른 책으로 바꾸어 오는 날이 많았다.

SF물은 주로 만화나 잡지를 통해 탐독했다. 아버지가 매달 잡지 〈새소년〉을 가져오시는 날을 목이 빠지게 기다렸다. 〈새소년〉에 연재되던 「바벨 2세」를 정말 좋아했다. 〈새소년〉을 갖고 오시는 날이면 아버지 직장 근처에 가서 아버지가 나오시기를 기다렸다가 바로 받아들고 집에 걸어오면서 읽기도 했다. 아버지가 집에 오실 때까지 기다리면 내 손에 들어오기까지 너무 오래 걸렸기 때문이다. 오빠와 언니가 다 읽고 난 뒤에야 내 차례가 왔으니 말이다. 만화 보기는 실로 내 유년 시절과 청소년기를 지배했던 가장 큰 즐거움이었다. 중학교와 고등학교를 다니면서 중간고사와 기말고사 기간이 되면 만화를 보는 즐거움은 잠시 유예하고 공부를 하려고 노력한 뒤 시험 마지막 날 학교에서 바로 만화방에 가서 만화방 사장님이 집에 가라고 할 때까지 죽치고 앉아 만화를 보았다. 그것이 열심히 공부한 나에게 주는 셀프 보상이었다. SF물과 순정물이라면 무엇이든 다 보았던 것 같다. 내가 가진 교양의 뿌리는 사실 그 시절 닥치는 대로 읽어댔던 만화에서 자란 것이다.

지금까지 살아오면서 나에게 가장 큰 영향을 준 책을 꼽으라고 한다면 아무래도 칼 세이건의 『코스모스』가 탑5 안에 들어갈 것이다. 『코스모스』를 처음 읽은 것은 고등학교 2학년 때쯤인 것 같다. 광주 충장로에 있던 서점에서 내가 직접 샀던 것 같은데, 기억이 확실하지는 않다. 『코스모스』를 읽고 나서 장래 희망 칸에는 언제나 '우주비행사'가 아니라 '천문학자'라고 써넣었다. 지망하는 대학교의 학과 역시 '천문학과'였다. 내가 평생 가장 많이 산 책도 『코스모스』였다. 이 책은 마치 발이 달린 것처럼 사라졌다. 대여섯 권은 샀는데, 다행히 마지막에 구입한 책은 아직도 갖고 있다. 나는 고등학교 시절에 바라던 천문학과에 입학하지 못했고 하늘 대신 땅을 공부하게 되었다.

평생 나는 은하수를 두 번 보았다. 아직 살아갈 날이 남아 있으니 몇 번은 더 보고 싶다. 처음 본 것은 중학교 2학년 때 친구 따라 다녔던 교회의 여름수련회에서였다. 광주 근교 도시의 어느 학교에서 수련회를 했는데, 저녁을 먹고 선배들과 친구들, 선생님들까지 모여 5·18민주화운동에 대한 이야기를 했다. 1987년 6·10항쟁 이전에는 광주에서조차 5·18민주화운동에 대한 이야기를 쉽게 나누기 어려운 분위기였다. 나 역시 초등학교 5학년 때 그 일을 직접 보고 겪었지만 계엄군에 의해 진압된 뒤 집 안팎에서 그 이야기를 하는 사람은 없었기에 그 일은 내 의식의 수면 아래에 가라앉아 있었다. 열띤 토론이 이어졌던 것 같다. 나는 왠지 그 분위기에 동화되지 못하고 친구와 바람을 쐬러 운동장으로 나왔다. 그리고 하늘을 가득 메운 엄청난 수의 별과 마주하게 되었다. 남북을 가로질러 진짜 커다란 강이 흐르고 있었다. 그 강에는 별들이 가득했다. 지금도 여전히 그날 바라본 은하수의 이미지가 또렷하게 떠오른다.

두번째로 은하수를 만난 것은 2003년 겨울 경상북도 안동에 있는 선산에 엄마를 묻고 광주로 내려오던 88올림픽고속도로(광주대구고속도로) 위에서였다. 가족들이 몇 대의 차로 나뉘어 움직이고 있었는데, 잠시 피로를 풀기 위해 차를 고속도로 갓길에 대고 바람을 쐬러 차 밖으로 나왔다. 전라북도 장수 인근이었다. 겨울이라 차 밖으로 나오니 잠이 확 달아날 정도로 추위가 매서웠다. 지리산 자락 위로 은하수가 펼쳐져 있었다. 그날 마주한 은하수는 설렘이 아니라 삼키고 있던 울음이었다. 눈물의 강 같다고 생각했다. 홀로 선산에 두고 온 엄마가 외로워하실 것만 같았다. 안동에서 광주까지 거리가 너무 멀구나 하는 생각도 했다.

자개와 흑칠의 궁합은 밤하늘과 우주를 표현하는 데

무척 잘 어울린다. 내가 맨 처음 받은 주문도 그것을 표현해달라는 것이었다. 같은 과 선배였지만 친했던 적 없는 그를 학부 졸업 후 근 10년이 지나 만나 술을 마시다 '우리 좀 통하는 것 같은데!'라는 느낌을 공유했던 계기가 칼 세이건의 『코스모스』를 좋아했다는 이야기를 서로 하게 되면서였다. 둘 다 학부 전공과는 거리가 있는 삶을 살고 있었지만 자연과학을 사랑하는 마음은 여전했고, 그 마음속에는 여전히 칼 세이건의 『코스모스』에 대한 애정이 단단하게 자리잡고 있었다. 내가 나전칠기를 배우고 첫 졸업작품전을 하게 되었을 때 내 작품을 보러 전시회에 왔던 그 선배는 얼마 후 나에게 주문했다. 우리가 공유했던 칼 세이건의 "창백한 푸른 점(pale blue dot)"을 디자인해달라고 했다. 그렇게 첫 주문을 받고 자개 디자이너라는 새로운 내 인생이 시작되었다.

디자인 고민을 하면서 주문자인 선배와 계속 상의했다. 나는 무한한 우주로 이어진 밤하늘을 표현하고 싶다고 했고 선배도 OK 했다. 책상을 만들기로 했다. 상판만 작업하고 다리는 금속 다리를 주문하여 붙이겠다고 했다. 책상으로 쓰기 편리하도록 자개 디자인을 해야 했다. 나는 검게 보이는 거대한 산맥 위로 펼쳐진 밤하늘에 유성우가 쏟아지는 모습을 상판 윗면에 들어가도록 디자인했다. 그리고 작품명을 '문천뢰(聞天籟)'로 지었다. 장자가 말한 '하늘의 퉁소소리'를 유성우가 떨어지는 소리로 차용했다. '문천뢰'로 전각하여 찍은 모양을 자개로 오리고 책상 상판 왼쪽에 붙였다.

'문천뢰' 작품을 만들면서 나는 천국과 지옥을 수없이 오갔다. 희망과 절망 사이에서 아슬아슬한 줄타기를 끊임없이 했다. 나전칠기라는 공예에 입문한 지 갓 1년밖에 되지 않았는데, 당연히 잘할 리가 만무했다. 자개를 붙이고 흑칠을 계속하는 와중에 별과 유성우를 표현한 작은 자개 조각과 얇고 긴 자개 조각은 열정적인 사포질에 끝없이 녹거나 깨져버렸다. 정말이지 포기하고 싶다는 말을 수없이 마음속으로 되뇌었다. 상칠이 상상칠, 상상상칠, 최종상칠, 최최종상칠로 끝없이 이름을 갱신하면서 이어졌다. 그때 포기하지 않은 것이 다행일까, 아니면 포기해야 했을까. 다행히 시간을 아주 많이 들이고, 아주 많은 마음의 부침을 겪고 나서야 겨우 완성하여 선배에게 전해줄 수 있었다. 얼마나 많은 소맥 폭탄주를 마셨던지. 그때 포기하지 않아서 다행이라 생각하기로 했다. 그렇기에 이후의 작품도 용기를 내서 계속할 수 있었던 것이니까.

'문천뢰' 이후 밤하늘과 우주를 주제로 세 작품을 더 작업했다. 그중 둘만 소개한다. 하나는 여름 밤바다 위로 솟아 있는 은하수를, 다른 하나는 지구 밖에서 우주선과 연결된 줄 하나에 의지하며 유영하고 있는 우주인(宇宙人)을 디자인했다. 앞 작품의 제목은 '평(平)'이고 뒤의 것은 '휴천균(休天鈞)'이다. 한자 平은 '음(音)이 골고루 잘 퍼져나가는 모양'을 상형한 것이라 한다. 여름 밤바다에서 밀려오는 파도소리가 모래사장에서 앉아 있을 그 누군가에게 가장 쾌적한 소리로, 그리고 그 바다 위 밤하늘을 수놓고 있는 은하수까지 그 파도소리가 골고루 퍼지기를, 혹은 은하수에서 퍼져나온 빛이 음파처럼 여름 밤바다로 흘러와 세상을 가득 채우는 그런 모습을 담았다는 의미로 '평'을 제목으로 정했다.

'휴천균'은 그 작품을 주문한 이가 직접 경험한 이야기를 듣고 정한 것이다. 대한민국 최초의 우주인인 이소연 씨로부터 주문받은 좌탁이었고 그 상판에 지구 밖 우주에서 소유스호에 줄 하나로 매달려 있었던 그와 우주에서 바라본 지구를 디자인한 것이었다. 무중력 상태인 우주에 둥둥 떠 있으면서 이소연 씨가 느꼈던 고독과 편

안함을 잘 표현하고 싶었다. 『장자』에서 단어 하나를 가져왔다. '천균(天鈞)'은 '시비를 평균하여 사물에 구애되지 않는 균형의 자연'이라는 의미고 나는 그 '자연'에 가장 잘 부합하는 것이 우주라고 생각했다. 아무리 생각해도 나는 제목을 정말 거창하게 잡는다. 자뻑이 너무 심하다고 할 수 있다. 그래도 기왕이면 다홍치마 아니겠는가?

그렇게 우주에서 쉬었던 경험을 한 이소연 씨에게 SNS를 통해 주문을 받았다. 내 어릴 적 꿈이었던 우주인이 실제로 된 사람에게 주문을 받았을 때 기분이 참 묘했다. 당연히 부럽기도 했다. 하지만 나는 잘 안다. 속도에 대한 겁이 많은 내가 우주비행사가 되기는 힘들었으리라는 사실을. 하지만 직접 우주로 나가보지는 못했어도 나는 언제나 우주에 대한 꿈을 꾸고 있고 그것이 얼마나 멋진 경험인지 상상할 수 있다. 우주비행사는 될 수 없었지만 마치 내가 경험한 것처럼 상상하며 그의 경험을 디자인했고 그것 역시 매우 즐거웠다.

8월,
큰바람 태풍

전라남도 광주의 고향집은 내가 중학교 1학년 때까지는 단층 양옥이었다. 대문을 열고 들어가면 긴 마당을 따라 담 옆으로 길게 화단이 있었다. 종갓집 종손이셨던 아버지는 2대 독자였는데, 한국전쟁으로 가세가 기울고 할아버지가 편찮으시기 시작하면서 다니시던 대학교를 중퇴하고 일을 하셔야만 했다. 20대 청년이었던 아버지는 고향 안동을 떠나 처음에는 전주에 자리를 잡았다가 다시 광주로 직장을 옮기셨다고 한다. 광주 어느 우물가에서 엄마를 처음 만나셨고 그뒤에는 아버지가 연애편지를 보내면서 두 분은 결혼까지 하시게 되었다고 한다. 요즘은 종손이라면 다들 고개를 절레절레하겠지만 엄마는 그래도 아버지가 좋으셨는지 냉큼 결혼하고 8남매를 낳으셨다.

할아버지는 원래 본가의 자식이 아니었는데, 대를 이을 아들이 없어 본가의 양아들로 들어가셨다고 한다. 그리고 아버지도 위아래로 누나와 여동생뿐이었다. 할아버지, 아버지 모두 아들로는 혼자였기 때문에 몹시 외로우셨다고, 그래서 아들 하나로는 안 된다고 엄마에게 아들 하나를 더 낳도록 강요하셨단다. 내 오빠 위로는 언니가 세 명 있고 아래에는 다시 여동생이 세 명 있다. 그리고 우리집 막내는 다행히도 사내아이였다. 그러니까 내 기준으로 정리하면 내 위로 큰언니, 둘째 언니, 셋째 언니, 오빠, 넷째 언니가 있고 내 밑으로 여동생과 남동생이 있다. 이를 다시 막내 남동생 기준으로 보면 형 다음에 바로 사내아이인 자신이 태어났다면 더이상 낳지 않아도 될 세 누나가 덤으로 더 있는 것이었다. 살면서 내가 태어날 수 있게 해주었다고 막내 남동생에게 고마워했던 것은 아니다. 어쨌든 나는 딸부잣집 다섯째 딸로 태어나 거의 언니들 등에 업혀 자랐다.

지금 떠올리면 광주에서의 어린 시절은 좋았다고 생각한다. 어릴 때는 힘들었다. 위로는 네 명의 언니와 오빠가 있고 아래로는 여동생과 막내 남동생 사이에 끼어 사는 것이 편하지 않았다. 방도 절대 혼자 쓸 수 없었고 하고 싶은 일이 생겨서 엄마에게 이야기하면 "중정 없는 것!"이라는 타박을 들었다. '식구들이 이렇게 많은데, 네가 하고 싶은 걸 어찌 다 할 수 있단 말이냐, 속없는 것아!'라는 뜻이었다.

어릴 때를 생각해보면 가장 좋았던 기억은 자연과 더불어 놀았던 일이다. 여름방학이 되면 아버지는 여덟 아이 중 아래 토막인 네 아이(넷째 언니와 나, 여동생, 남동생)를 데리고 어딘가로 놀러 가셨다. 주로 집 근처 무등산 일대였다. 어느 날은 제4수원지 근처에서, 어느 날은 무등산장에서, 또다른 날은 증심사 근처에서 우리 넷을 알아서 놀도록 풀어놓고 아버지는 함께 가신 친구분과 술을 드셨다. 점심때가 되면 아버지는 큰 소리로 우리 네 남매를 부르셨다. "밥 먹어라!" 그러면 주로 닭백숙을 먹고 다시 계곡물로 들어가거나, 개울에 돌을 던지거나, 꽃을 따서 짓이겨 손톱에 물을 들이거나, 아까시나무 잎을 따서 홀짝을 세거나 하면서 신나게 놀았다. 아마도 아버지는 아이들이 많아 쉴 틈 없는 엄마를 위해 주말마다 한창 놀 때인 네 아이를 데리고 집을 나와주셨던 것 같다. 덕분에 여름이면 나는 놀다가 새까매졌고 강렬한 여름 햇볕을 받은 만큼 쑥쑥 자랐다.

남부 지방인 광주는 여름에는 올라오는 거의 모든 태풍의 직접적인 영향권에 들었다. 큰 태풍이 오면 바람이 세고 소리도 컸다. 당연히 비도 많이 내렸다. 태풍이 오고 비가 많이 내리면 무등산에서 쏟아지듯 흘러오는 빗물의 양은 어마어마했다. 그 많은 물은 근처 천으로 흘러들어갔다. 무등산에서 도심으로 내려오는 내리막길 마지막 지점쯤에는 우리집이 있었고 산수동 오거리에서 무등산장 방면으로 가는 길목에는 우리집 대문이 있었다. 태풍이 오면 다들 집 밖으로 나오지 않는데, 나는 우산을 들고 인적이 드믄 산수동 오거리를 혼자 쏘다녔다. 물이 고여 있는 곳에 일부러 발을 넣고 첨벙거리며 물을 발로 차고 놀았다. 필시 그런 나의 모습을 본 사람은 나를 제정신이 아닌 아이라고 생각했을 것이다. 집으로 돌아와 비에 흠뻑 젖은 옷을 갈아입고 마루에 앉아 다시 쏟아지는 빗방울을 하염없이 바라보며 거세게 몰아치는 바람소리를 들었다. 왠지 그 기억 속에는 가족 누구도 나와 함께 있지 않다. 나 왕따였나? 물론 그것은 아니었고, 그렇게 태풍을 좋아한 사람은 그냥 가족 중 나 혼자였던 것이다.

나는 무엇보다 태풍이 본격적으로 영향을 주기 전,

바람 한 점 없다가 남서쪽에서 바람 한 점 불어오는 그 순간, 무언가 대기가 바뀌었다는 것을 느끼는 그 순간을 좋아했다. 그 순간 이후 바람이 밀고 오는 대기의 습도·밀도와 바람의 세기·속도는 시시각각 바뀐다. 습도와 밀도는 높아지고 세기는 강해지면서 속도가 빨라진다. 그러다 어느 순간 빗방울이 후드득 떨어진다. 태풍을 좋아하게 된 진짜 이유는 내가 여름을 잘 견디지 못해서였을 것이다. 덥고 덥고 덥다. 낮도 덥고 밤도 덥다. 어릴 때는 물론 지금까지도 여름 더위가 가장 견디기 힘들다. 어릴 때보다는 체력이 훨씬 좋아졌지만 더위가 힘든 것은 여전하다. 겨울 추위는 계속 껴입으면 막을 수 있는데, 여름 더위는 벗는 것으로 해결되지 않는다. 다 벗고 밖에 나갈 수 없으므로 예의를 지키는 선에서 옷을 제대로 입어주어야 한다. 평생 처음이자 마지막으로 정규직으로 출판사를 다니던 때에도 여름에는 출근하는 일이 정말 고역이었다. 출근하려고 옷을 입다가 땀이 나서 입던 옷을 벗어던지고 더 시원한 옷을 찾아 옷장을 뒤적거리다가 집을 늦게 나서 지각하기 일쑤였다. 그렇게 더위를 타면서도 에어컨 바람은 잘 견디지 못한다. 그래서 여름이 더 고역이었다.

그렇게 덥고 덥고 더운 날이 계속되다가, 자다가도 더워서 잠에서 깨는 날이 계속되다가 태풍이 오면 갑자기 시원한 바람과 빗줄기가 더위를 식혀주었던 것이다. 정말이지 살 것 같았다. 하지만 태풍은 힘이 너무 셌다. 더위를 날려주기도 했지만 피해를 입은 사람들도 너무 많이 생겼다. 그래서 나는 철이 들고 나서부터 태풍을 좋아한다는 말은 때와 장소를 가려서 한다. 여름에는 절대로 하면 안 된다. 겨울에만 슬쩍 말하는 식으로 속을 터놓는다. 누구와 대화를 하고 있느냐도 중요하다. 잘못하면 정말이지 '미친년'이라는 욕을 듣기 십상이다.

대학원을 다니며 조금 더 유식해지자 나의 태풍 사랑에는 살이 더 붙었다. 『장자』를 읽고 내 태풍 사랑에 무언가 내 식의 자연철학적 뉘앙스까지 가미되었다. 게다가 2002년에 개봉한 미야자키 하야오 감독의 애니메이션 영화 〈센과 치히로의 행방불명〉을 본 뒤 제법 그럴 듯한 상상력까지 더해졌다. 애니메이션에는 신(神)적인 존재들을 위로 혹은 치유하는 온천탕이 나온다. 한 하천의 수호신이 처음 온천에 들어섰을 때 온천에서 일하는 이들 모두가 그를 오물신으로 착각할 만큼의 엄청난 악

취에 코를 감싸 쥐며 시중을 들지 않으려고 한다. 결국 센(치히로)이 목욕물을 받아주고 그의 몸에 박혀 있던 낚싯바늘을 빼게 된다. 그렇게 그는 낚싯줄에 어마어마하게 걸려 있던 온갖 쓰레기에서 벗어난다. 그는 어느 지방의 큰 하천의 수호신인 용이었다. 이름도 엄청 어마어마하게 긴 유명한 신이었는데, 오물을 벗고는 말끔한 모습의 용이 되어 힘차게 하늘로 날아갔다. 그 장면에 너무나도 큰 감명을 받았다. 눈물이 날 정도로. 도대체 용은 어디로 다 사라졌을까? 이제는 누군가의 이름과 지명에만 남아 있다. 과연 용은 실재했을까? 우리의 하천을 지켰던 용들도 자꾸만 밀려드는 생활 쓰레기 더미에 옴짝달싹하지 못하고 오물신처럼 악취를 풍기며 강바닥에서 고통스러워하고 있는 것은 아닐까. 용이라면 하늘을 날아야 한다. 서양 문화권의 용, 즉 드래건은 불을 뿜지만 동양의 용은 비바람을 다스린다. 태풍을 다스리는 것이다.

태풍을 자개로 디자인하고 싶었다. 하지만 너무 거대하게 디자인해서는 곤란하다. 내가 좋아하는 마음이 엄청 크다는 것을 들키지 않을 정도로, 태풍 때문에 입을 피해가 크지 않도록, 마치 분재처럼 많이 커지지 않도록 어딘가에 가두어두어야 했다. 나전칠기를 만드는 기물로 쓰는 것은 나무만이 아니다. 각종 금속이나 종이도 가능하다. 나는 결혼할 때 샀다가 무거워서 쓰지 않고 그냥 두기만 했던 작은 유기 접시에 작업하기로 했다. 나무를 기물로 쓸 때와는 다르게 금속으로 할 경우에는 자개를 붙일 금속 표면에 생옻칠을 한 뒤 오븐에 넣어 구워야 한다. 그렇게 구워 칠한 생옻이 금속 표면에 확실히 들러붙게 한 다음 사포질하여 매끈하게 만들고 나서 자개를 붙인다. 자개들을 작게 조각내서 붙였다. 태풍의 전형적인 모습 그대로, 중앙에 태풍의 눈을 두고 시계 방향을 따라 회오리 모양으로 구름의 골이 있는 태풍을 작은 조각들로 이어붙였다(할패법). 그리고 그 속에 엄청 이름이 길 것 같은 수호신 용을 넣었다. 하지만 수호신의 이름을 무어라 지을 것인지는 아직 결정하지 못했다. 그저 내 마음을 끊임없이 일렁이게 했던 그 큰바람을 만드는 신, 여름 더위에 지친 나를 시원한 바람과 비로 위로해주었던 그 신을 경배하고 싶다. 태풍은 나에게 경배의 대상이자 진정한 자연의 경이다.

9월,
기나긴 기다림 끝에 나팔꽃

실패를 받아들이는 것은 너무 어려웠다. 실패했음을 인정하는 것이 어려웠다고 하는 편이 정확할까? 이 글은 나에게는 최초이자 아직까지는 유일한 실패작에 대한 이야기다. 아니, 기다림에 대한 이야기일 수도 있다.

새벽 일찍 해가 떠서 밤늦게 해가 지는, 머리 위의 해가 지글지글 끓는 여름이 9월이 되면 자연은 그 빛을 점점 잃어간다. 나는 텃밭 농사를 하면서 그 사실을 알게되었다. 8월까지 쑥쑥 자라던 채소와 잡초가 시계가 멈춘 듯 성장을 멈춘다. 채소들은 부지런히 씨앗을 날리고, 잡초들은 서서히 그 생명의 색깔인 녹색을 잃어간다. 9월에도 낮에는 여전히 기온이 섭씨 30도가 넘어가고 대기는 습도가 높아 잠시만 밖에 있어도 땀방울이 등을 타고 흐른다. 그런데 해가 막 뜨는 새벽 일찍 마당에 나가보면 가을이 오고 있음을 실감하게 하는 아주 약간 다른 바람이 분다.

2021년 7월까지 11년을 살았던 집은 2층 단독주택의 2층이었다. 집은 길 끝에 중학교가 있는 오르막길에 있었고 가장 큰 안방은 오르막 아래쪽 방향인 동쪽을 향해 창이 나 있었다. 골목을 사이에 두고 마주보는 앞집은 우리집보다 낮은 지대에 있어 2층인 우리집 안방에서 창밖을 내다보면 역시 2층 집인 앞집의 지붕이 눈에 들어왔다. 그래서 여름이면 아침마다 고역이었다. 잠을 잘 때 머리가 아래쪽에 있으면 왠지 몸에 안 좋을 것 같아 창문이 발 쪽에 있도록 방향을 잡았기 때문에 해가 뜨기 시작하면 안방에서 잠을 자는 내 얼굴로 햇살이 들이닥쳤다. 에어컨의 냉기를 견디기 힘들어 에어컨은 끄고 바람이 들어오도록 창문을 열고 잤다. 그러다보니 여름에는 새벽 일찍 강제 기상하여 햇빛이 쏟아지는 안방에서 도망쳐 거실 바닥에 드러누워 다시 잠을 청할 때가 많았다. 잠을 다시 청하기 어려운 날에는 마당에 혼자 나와 떠오르는 해를 구경하기도 했다. 이글이글, 지글지글 타오르는 해가 저쪽 동편 사우론의 탑(롯데월드타워) 옆으로 솟아올랐다. 붉은 태양이 새벽의 시원함을 다 집어삼키며 떠오르는 것을 바라보고 있을 때 문득 한 줄기 바람이 불어오기 시작하는 것이 9월이다. 그날 이후 낮은 여전히 뜨겁지만 밤은 서서히 시원해진다. 그리고 내가 4월에 씨를 심어 매일매일 물을 주며 기다리던 나팔꽃이 봉오리를 열고 나팔을 불기 시작한다.

인터넷에서 나팔꽃을 검색하면 메꽃과에 속하는 일년생 초본식물이고 청자색, 흰색 혹은 분홍색 꽃이 여름철에 핀다고 나온다. 여름철에 핀다고? 맞다. 동네를 산책하다보면 보라색에 가까운 짙은 분홍색 나팔꽃이 피어 있는 모습을 자주 볼 수 있었다. 하지만 내가 심은 나팔꽃은 절대 여름에 피지 않았다. 내 나팔꽃은 꽃 크기도 동네의 다른 나팔꽃보다 작았고 잎 모양도 달랐다. 내 나팔꽃의 잎은 둥근 홑잎으로 좌우대칭이고 가운데 한 곳이 뾰족한 하트 모양이지만, 동네의 흔한 나팔꽃 잎은 갈래잎으로 뾰족한 부분이 세 곳이 있고 화려한 방패 모양이 연상된다. 피는 시기도 동네의 다른 나팔꽃은 가장 더운 여름날에 피어 있고 낮 시간에도 봉오리가 벌어져 있는 것을 자주 보았는데, 내 나팔꽃은 일출 시간대의 기온이 내려가기 시작하는 9월 초중순에 피기 시작하여 해가 중천에 뜨는 정오가 되기 전에 봉오리를 닫는다. 같은 나팔꽃이라도 종자가 다른 것인지 그에 대해서는 알지 못한다. 서로 다른 이유를 찾아보지는 않았다.

나는 10여 년 전부터 나팔꽃 씨앗을 심어왔다. 정확히 몇 년도부터 심어왔는지는 기억이 잘 나지 않지만 첫해에는 씨앗을 사서 심었다. 매일매일 물을 주며 꽃이 피기를 기다렸지만 나팔꽃은 다른 봄·여름 꽃들이 다 피고 지는데도 결코 피지 않았다. 그러다 9월도 중순께가 되어서야 꽃이 피기 시작했다. '피기 시작했다'라는 말은 나팔꽃에 무언가 어울리는 단어가 아닌 것 같다. 꽃 한 송이가 오전 한나절 피어 있다가 바로 봉오리를 닫은 뒤로는 말라서 줄기에서 뚝 떨어지고 다음 날에는 다른 꽃송이가 피고 지는 식으로 매일 다른 꽃송이가 피고 지기 때문이다. 나팔꽃이 피기를 기다리던 첫해에는 가장 먼저 피어 내가 보아주기를 기다렸을, 아니 내가 기다렸던 그 첫 나팔꽃을 보지 못했다. 첫해에 피었던 나팔꽃은 꽃송이가 떨어진 자리에 열매가 맺힌 뒤 점점 서늘해지는 가을바람에 열매껍질이 녹색 빛을 잃어가며 얇고 보드라운 갈색으로 변해갔다. 하지만 껍질은 쉽게 벌어지지 않았다. 아주 세찬 바람이 불어도 껍질은 단단히 씨앗을 품은 채 차디찬 겨울을 견뎠다. 봄바람이 살랑살랑 불 때까지도 다 말라비틀어지고, 심지어 끊어지기까지 한 줄기에 그대로 달려 바람에 춤을 추는 열매가 대부분이었다. 사실 이렇게 봄바람이 불 때까지 잘 마른 열매껍질을 깔 때 가장 즐겁다. 정말 '톡!' 하는 소리가 나면서 새까만 씨앗이 터져나와 대지를 향해 날아간다.

나는 첫해부터 지금까지 근 10년 동안 매년 3월쯤에 지난해의 나팔꽃 씨앗을 갈무리한다. 잘 마른 껍질은 힘을 주지 않아도 톡 벗겨진다. 열매 하나당 대여섯 개씩의 씨앗을 품고 있다. 나팔꽃 씨앗은 단단하다. 까만색의 아주 작은 돌처럼 보인다. 해마다 3월에 갈무리해두었다가 4월에 씨앗을 심거나 뿌리면 일조량에 따라 다르지만 4월 말에서 5월 초에 떡잎이 '쑥' 하고 솟아난다. 나는 떡잎만 보아도 그것이 나팔꽃인지 아닌지 안다. 나팔꽃은 덩굴식물이고 워낙 생장력이 좋아 씨를 심을 곳과 아닌 곳을 구분하는 것이 좋다. 방심하면 온 화단이 나팔꽃으로 가득할 수도 있다. 그래서 일부러 씨를 갈무리해두는 것인데, 그렇게 해도 바람에 껍질이 벗겨져 날아가 떨어진 나팔꽃 씨앗들은 내가 원하지 않는 자리에서 자라는 경우가 생긴다. 떡잎이 난 것을 보고 내가 정한 자리가 아닌 다른 곳에서 솟은 나팔꽃 떡잎은 뿌리째 뽑아 내가 정한 자리 안으로 옮겨 심는다. 하지만 그 양이 너무 많은 경우에는 어쩔 수 없이 뽑아서 퇴비를 만드는 장소에 버린다. 나팔꽃이 자랄 자리를 정리하고 나면 이제는 비가 오는 날을 빼고 거의 매일 오전에 화단에 물을 뿌린다. 그리고 기다린다. 타고 올라가라고 세워준 지주를 감으면서 나팔꽃 줄기가 하늘을 향해 계속 올라간다. 중간중간에 귀여운 하트 모양 잎을 달면서 말이다. 4월, 5월, 6월, 7월, 8월 이렇게 다섯 달은 물만 준다. 꽃봉오리가 달리기 시작하는 것은 이렇게 다섯 달 동안 나한테 공으로 물을 얻어먹고 난 뒤다. 나팔꽃은 원래 그렇게 타고났으니 나는 그것을 받아들여야 한다.

　나팔꽃이 피기 시작하면 나는 아침잠이 줄어든다. 오늘 새로 핀 나팔꽃을 보려면 늦잠을 자서는 안 된다. 오늘 꽃은 오늘 져버린다. 오늘의 환희는 오늘 느껴야 한다. 해가 뜨고 사방이 밝아지면 오늘의 나팔꽃들은 일제히 떠오른 태양을 향해 나팔을 불기 시작한다. 물론 이 나팔소리는 내 귀에만 들리는 환청이다. "나, 여기 이렇게 피어 있어! 오늘 이렇게 피기 위해 다섯 달을 기다렸어! 내 나팔소리를 들어줘요! 나는 아주 작고 순식간에

져버리지만 당신이 내가 여기, 지금 피어 있다는 걸 알아 줬으면 좋겠어요!" 이런 외침은 내가 듣지 못하면 그 누구도 듣지 못한다. 외침만이 아니다. 웅장한 오케스트라 연주까지 환청처럼 들릴 때가 있다. 세상에 나팔꽃들과 나만 존재하고 있는 것 같다. 그러다 나팔꽃의 내부를 들여다보면 아주 작은 웜홀이 그 안에 있는 것이 아닌가 하는 생각이 들기도 한다. 일부러 일찍 일어나 시들어버리기 전의 나팔꽃을 바라보고 있는 그 순간에 느낀 감동은 무어라 표현하기 어려운 성질의 것이다.

나에게 나팔꽃은 그냥 꼭 작업해야 하는 것이었다. 작은 판재를 써서 벽에 걸어두는 소품으로 만들기로 했다. 백진주패를 상사기로 균일한 너비로 길게 자른 뒤 끊음질로 이어 붙여 원형의 프레임을 만들고, 그 안에 나팔꽃 가지와 잎, 꽃을 배치했다. 우리집 나팔꽃은 아주 서늘한 느낌의 파란색이다. 꽃잎 다섯 장이 붙어 원형을 이루고 있는데, 각 꽃잎 가장자리 중앙에서 수술이 있는 가운데로 이어진 선이 모여 하얀 별 모양을 만들고 있다. 수술이 있는 꽃 중앙과 흰색 별 모양은 백진주패, 별 주변의 파란색 꽃잎은 백진주패 뒷면에 파란색 옻을 발라 말린 패, 잎과 줄기는 흑진주패를 주름질로 오려 붙였다. 작품명은 '추음(秋音)'으로 정하고 전각한 뒤 인주에 찍은 종이를 자개에 붙이고 주름질로 오려 왼쪽 하단에 붙였다. 자개를 붙이고 두세 달 옻칠과 사포질을 반복하여 완성할 수 있을 것이라 당연하게 생각했다. 칠 두께가 자개 두께만큼 올라와 마무리 광내기 작업을 했다. 상칠이 충분히 두껍게 칠해지지 않았던 탓일까? 아니면 칠 다음에 하는 사포질에서 실수를 했던 탓일까? 광내기를 하는데, 상칠했던 칠이 벗겨져 그 밑에 있던 칠층에 노출된 부분이 생겼고 결국 광내기를 해놓은 것을 사포질하고 칠을 다시 해야 했다. 그런 과정이 몇 번 반복되었다. 칠을 더하면 상대적으로 두께가 얇은 원형 프레임 쪽 자개가 칠보다 낮아질 수밖에 없었다.

 '프레임으로 붙인 자개를 사포로 싹 갈아내고 자개를 새로 붙여서 해야 할까?' 며칠 동안 이런 고민을 했다. 그동안 작업해왔던 시간이 아깝다는 생각이 들었다. 속상한 마음을 누구한테도 말하지 못했다. 말하면 왠지 자존심이 상할 것 같다는 기분이 들었기 때문이다. 그래서 며칠을 작업실에서 소맥 폭탄주를 말아 마셨다. 그러다 문득 '실패한 것으로 하자!'라는 생각이 들었다. 실패를 하는 것이, 실패가 있는 것이 어쩌면 너무 당연하지 않은가 싶었다. 실패할 수 없다고, 다 성공해야 한다고 생각하고 성공할 때까지 어떻게든 해보아야 한다는 생각으로 지금껏 실패를 덮기 위해 계속 칠을 더했던 것이 지금의 나를 그냥 멋지게 포장하고 싶은 마음에서 비롯된 것임을 깨달았다. 일단은 실패를 인정하는 것이 필요하다는 생각이 들었다. 실패를 인정한 뒤에 천천히 가자, 이런 마음이 들었다. 언젠가는 그 실패 위에서 새로운 성공의 싹을 틔울 수도 있고, 아니면 그냥 실패로 마감할 수도 있겠지. 중요한 것은 기다리는 것이다. 지금까지 나팔꽃이 피기를 매년 다섯 달, 그러니까 10년으로 계산하면 50개월을 기다려온 것인데, 앞으로 몇 년을 더 못 기다리겠는가. 나팔꽃을 디자인한 작품을, 실패라고 인정한 그 작품을 다시 손보는 방식으로 작업하여 완성하게 될지, 아니면 처음부터 다시 시작할지는 지금 모른다. 나는 좀더 기다려보아야겠다. 나에게 나팔꽃은 기다림의 아이콘이다.

10월,
경이로운 향유고래

지금 사는 집으로 이사온 뒤 1년 넘게 자개 작업을 하지
못했다. 아니 하지 않은 것인가?

　전에 살던 동네에서는 작업실이 따로 있었는데, 이
번 집에는 마침 지하에 창고 공간이 있어 그곳에 작업실
을 꾸몄다. 작업실로만 쓰는 것은 아니었고 창고에 작업
실이 얹혀 있는 셈이었다. 작업을 하는 데 가장 중요한
칠장을 새로 만들어야 했다. 이전 작업실은 원래 있던 화
장실 공간을 칠장으로 썼기에 공사를 해야 할 필요가 없
었다. 화장실이었던 터라 문이 있어 먼지가 들어갈 염려
도 거의 없었다. 하지만 이번 작업실은 창고 공간 한편에
칠장을 만들어야 했다. 창고에 원래 있던 3단 앵글을 칠
장 안에 넣고 바닥과 천장 사이에 끼운 나무 판재로 벽

하나와 문을 만들었다. 처음에는 문을 미닫이로 만들었는데, 큰 기물을 칠장에 넣고 빼는 것이 불편하여 여닫이로 개조했다.

옻칠은 고온다습한 환경에서 잘 마른다. 그래서 습도를 높이기 위해 칠장 안 3단 앵글 각각의 단마다 낮고 커다란 사각형 물통을 놓았다. 그리고 물통 안에는 새로 주문한 스펀지를 넣고 물을 가득 채웠다. 습도가 높은 여름이 지나 다시 여름이 오기 전까지는 대기가 건조하여 거의 2, 3일에 한 번씩은 물통에 새로 물을 채워야 했다. 그리고 칠장 안 온도를 높이기 위해 물을 끓일 때 쓰는 전기포트와 물을 끓이는 방식의 가습기도 사서 거의 매일 틀어두었지만 칠은 원하는 만큼 빨리 마르지 않았다. 나중에는 온도를 더 높이기 위해 소형 전구를 설치하여 계속 켜두었다. 그제야 겨우 칠이 제대로 마르게 되었다. 그래도 다 마르는 데는 일주일에서 10여 일이 걸렸다. 아무래도 내 칠장은 앞으로도 계속 추가 설비를 해야만 할 것 같다. 사실 칠장을 이렇게 개조하기까지는 1년 반 정도의 시간이 걸렸다.

이사할 때 함께 사는 고양이들 때문에 이사를 한 번

에 하지 못하고 서너 번 나누어 했다. 집에 있던 살림을 옮기는 본 이사를 하기 일주일 전에 작업실로 쓸 창고에 칠장을 만드는 공사와 마당에 살던 고양이들을 이주시킬 공간에 펜스를 치는 공사를 먼저 했다. 그러고는 작업실 짐을 미리 옮겼다. 본 이사 전날 우선 집고양이들과 강아지, 그리고 그 아이들을 위한 용품들을 옮겼다. 그리고 본 이사 날 살림을 모두 옮겼다. 그리고 그날 밤 이사를 나온 그 집으로 다시 가서 마당에서 살던 고양이 세 녀석과 혼자 밖에서 떠돌고 있던 한 아이를 잡기 위해 포획 틀을 설치했다. 다행히 밖에서 떠돌던 아이와 마당에서 살던 두 아이는 그날 밤 바로 포획에 성공하여 이사 온 집으로 데려올 수 있었다. 하지만 한 아이를 잡지 못해 그날 이후 며칠을 더 밤마다 이전 집으로 가야 했다. 마지막으로 잡힌 아이는 일주일 넘게 밥을 먹지 못했는데도 유인하려고 먹을 것을 둔 통덫 안으로 들어가지 않아 애를 먹었다. 내가 사용한 통덫은 안쪽에 있는 디딤대를 고양이가 발로 밟으면 자동으로 문이 잠기는 구조였고, 그렇게 문이 자동으로 잠기려면 고양이가 안쪽 깊숙이 들어가야 했다. 그런데 그 아이는 제 발로 통덫 안으로 깊이 들어가지 않아 통덫 문에 물을 담은 작은 페트병에 줄을 달아 걸쳐두고 아이가 통덫에 한 발을 집어넣었을 때 줄을 당겨 겨우 잡을 수 있었다. 검은색과 흰색의 바둑무늬가 있는 그 아이는 암컷이고 이름은 무송이다. 겁이 많아 집 마당에서만 지내고 옆집이나 골목으로는 거의 나가지 않던 아이였다.

2021년 가장 무더웠던 7월 한 달 내내 버릴 짐을 정리하고, 몇 번에 걸쳐 이사하고, 이삿짐을 정리하고, 아이를 잡기 위해 다시 밤을 새우느라 피곤이 쌓여 쉬지 않으면 죽을 것 같았다. 그래서 좀 쉬자, 좀 놀자 했던 것이 해를 넘기고도 계속 놀고 있었다. 그러다가 지인이 다니는 출판사에서 기획일을 하기로 계약하여 작업을 미루고 출판기획일에 좀더 전념을 하게 되었다.

그렇게 2022년 1년 동안 출판기획 일을 하는 동안 간간이 작업실에 들어가 급한 것만 작업했다. 그중에는 주문받은 것도 있었지만 주문받은 작품에 밀려 하지 못하니까 하고 싶어 온몸이 근질근질하던 것도 있었다. 주문받은 작품을 끝내고 시작하려면 적어도 1, 2년은 더 기다려야만 할 것들이었다. 그 시간을 그냥 기다리는 것은 마음이 허락하지 않았다. 그래서 빠른 시간 안에 자개 작업을 끝내기 위해 작은 나무판에 작업하기로 했다. 그렇게 향유고래를 소재로 연거푸 두 작품을 작업하고 2년 전부터 한국전통공예건축학교에서 작업하고 있던 건칠 화병에 하나 더 작업하여 세 개를 연작으로 만들었다.

첫번째는 허먼 멜빌의 소설 『모비딕』에서 영감을 받아 디자인했다. 자개 조각을 작게 부수고 고래 꼬리부터 몸통까지를 조각들로 작은 판에 붙였다. 위쪽 꼬리에서 몸통 중간까지는 부순 자개들로 채우고, 몸통 아래쪽은 그동안 작품명을 오리다 실패했던 한자(漢字) 자개 조각들과 하트, 십자가 등 다양한 기호로 채웠다.

인간은 향유고래를 끝없이 학살해왔다. 고급 향수 재료로 쓰이는 용연향을 얻기 위해서 말이다. 『모비딕』에서 이 향유고래는 포경선을 공격하는 괴물이자 광기에 찬 에이허브 선장이 기필코 잡으려고 하는 집착의 대상이다. 인간의 탐욕 때문에 남획되어 멸종 위기에 처한 이 향유고래는 지구상에서 가장 거대하며 아름답고 경이로운 생명체다. 향기로운 향 때문에 몰살당하는, 인간의 탐욕의 대상이자 포경꾼들을 순식간에 죽음으로 내모는 위협적인 괴물로 여겨지기도 하는, 인간의 욕망 때문에 상처투성이가 된 향유고래의 비극적인 운명을 표현하고 싶었다.

두번째는 가장 자유로운 모습의 향유고래를 표현하고 싶었다. 인간의 손길이 닿지 않는 깊은 바닷속에서 그 향기로운 향을 몸 안 가득 채우고 노래하는 고래의 모습 말이다. 몸 안의 향을 어떻게 표현해야 할까? 언젠가 SNS를 통해 본 화석 사진이 기억났다. 바닷속에서 살았던 백합꽃의 흔적 화석을 찍은 것이었다. 향유고래의 용연향이 들어간 화장품의 향기를 맡아본 적이 있다. 꽃가게에서 파는 백합꽃의 향과는 많이 달랐다. 하지만 바닷속에 그 백합꽃의 조상이 살았다니 너무나 멋진 일이었다. 그래서 고래의 몸에 그 흔적화석 속 백합꽃을 디자인하여 넣었다. 그리고 고래의 노랫소리를 바닷속에서 물결이 일렁이는 선으로 표현했다. 이 두번째 것까지 일사천리로 자개를 붙였다. 그럼 이제는 칠을 해야 한다.

　　초여름께였던 것 같다. 흑칠을 하고 넣어 말리려고 칠장 문을 연 순간 깜짝 놀랐다. 아니, 이런…… 귀뚜라미들이 칠장 안에서 뛰어다니고 있는 것이 아닌가! 이 귀뚜라미들을 다 몰아내지 않고서는 칠장에 칠을 한 기물을 넣을 수 없었다. 귀뚜라미들이 칠을 한 기물에 발자국을 남기면 칠을 한 것이 다 도로아미타불이 되니 말이다. 머릿속이 아득해졌다. 어떻게 이 녀석들을 다 쫓아내지? 그렇다고 다 때려잡기는 싫었다. 아니 무서웠다. 그래서 또 한동안 작업을 쉬었다. 아니 쉬면서 귀뚜라미들이 다 죽기를 기다려보기로 했다. 물론 그렇게 귀뚜라미들이 알아서 죽는 것은 불가능했으므로 결국 무언가 방법을 찾을 수밖에 없었다. 코일형 모기향을 칠장 안에 두고 피웠다. 그리고 칠장 안 벽에 심어져 있던 열린 관들의 입구는 모두 청테이프로 막았다. 아무래도 그 관 안에서 새끼를 치는 것 같아서였다. 그렇게 한두 달은 작업실에서 칠 작업을 하지 않았다.

　작업실에서 작업을 멈추고 있던 동안 한국전통공예건축학교에서 작업하던 건칠화병은 자개를 붙일 단계까지 진행되었다. 그 건칠화병에 세번째 향유고래 디자인을 하고 자개를 붙이기 시작했다. 인간에게 포획되어 죽은 향유고래의 영혼이 하늘 위에서 자유롭게 유영하고 있는 모습을 디자인했다. 검은 달이 떠 있고 구름 위에 향유고래의 영혼이 자유롭게 쉬고 있다. 검은 달은 흑진주패를 작게 부수어 붙였고 구름과 향유고래는 상사기로 자른 백진주패를 끊음질로 이어붙였다. 자개를 다 붙이고 흑칠을 계속하여 칠 두께를 자개 두께만큼 올렸다. 상칠을 하고 칠이 다 마른 뒤 광내기 작업을 했다. 그뒤

고래 몸통에 생칠을 바르고 거친 붓에 은색 가루를 묻혀 생칠을 바른 고래 몸통을 은색 가루로 채웠다. 그러고는 칠장에 넣고 말린 뒤 고래 몸통 안에 붙였던 자개 위에 붙은 은색 가루를 상사칼로 긁어냈다. 그렇게 세번째 작품을 앞의 두 작품보다 먼저 2022년 12월 초에 완성했다.

다시 시간을 앞으로 돌려 이야기하면 먼저 작업하기 시작했던 향유고래 연작 두 개는 칠 작업을 하지 못하고 있었다. 그놈의 귀뚜라미 때문이었다. 칠장 안을 뛰어다니던 귀뚜라미들을 박멸하기 위해 한동안 칠장 안에 모기향을 피웠다. 모기향을 피우고 나서는 칠장 안을 열어보기가 무서웠다. 모기향에도 사라지지 않았으면 어떡하지? 그럼 정말 대책이 없는데. 그러다 가을이 오고 또 지나가고 있었다. 곧 겨울이 올 테고 연말이 성큼 다가올 것이었다. 정신이 번쩍 났다. 향유고래 작품이 문제가 아니라 주문받은 작품들 작업을 더이상 미루어서는 안 되었다. 칠장을 열어보니 다행히 살아서 폴짝폴짝 뛰는 귀뚜라미는 한 녀석도 보이지 않았다. 사체만 몇 마리 치우면 되었다.

어느새 10월이었다. 날씨는 아침저녁으로 많이 서늘

해졌다. 기온도 내려가고 습도도 내려갔다. 칠이 안 말라도 너무 안 말랐다. 크기가 작은 기물들은 작은 이동식 칠장에 넣어 보일러가 돌아가는 집 안 거실 바닥에 두고 말렸다. 크기가 큰 기물은 그렇게 하기 힘들었다. 마르지 않아서 작업 속도를 내기 어려웠다. 이 문제를 해결하는 근본적인 방법은 결국 칠장을 개조하거나 보완하는 것뿐이었다. 시판중인 여러 상품을 검색해보기도 했다. 식당에서 주로 쓰는 식기건조기 같은 것부터 음료용 냉장고에 보일러를 설치하는 방식, 칠장에 온풍기나 히터를 놓는 방식까지 다양한 방법을 고민했으나 나에게는 다 적합하지 않았다. 식기건조기나 냉장고는 작은 기물을 넣어 말리기에는 적당했지만 크기가 큰 테이블 상판이나 좌탁은 넣을 수 없으니 사용할 수 없었다. 그것을 넣을 정도로 큰 식기건조기나 냉장고도 찾아보면 분명 있을 테지만 내 작업실에는 그렇게 큰 건조기나 냉장고를 넣을 공간이 없었다. 결국 쓰던 칠장을 개선하는 방법밖에 없었다. 온풍기는 온풍기에서 나오는 바람 때문에 칠에 먼지가 많이 올라탈 수밖에 없었고 히터는 아무래도 화재 위험이 있었다. 이것은 이래서 안 되고 저것은 저래서 안 되는 식으로 안 되는 것투성이였다.

칠장에 대한 고민을 해결해준 이는 각자반 선배님이었다. 전기 배선 전문가인 선배님이 작은 전구를 쓰라고 조언해주었고 친절하게 구매처까지 링크를 걸어 보내주었다. 거기에 물을 끓이는 데 쓰는 전기포트와 물을 가열하는 방식의 가습기까지 사서 칠장에 설치했다. 아주 비싼 멀티탭까지 사서 이 모든 것을 한 번에 다 연결했다. 작은 전구 두 개를 켜놓고, 하루에 한 번씩 전기포트에 물을 끓이고, 가습기는 타이머를 8시간으로 맞추어놓았다. 매일매일 이렇게 해도 칠이 완벽하게 마르는 데는 일주일 이상 걸렸다.

10월은 그런 달이다. 11월은 10월보다 더 어려운 달이다. 12월은 11월보다 더 어려운 달이다. 10월은 대기가 서늘해지고 건조해지는 첫 달이다. 10월부터는 칠 작업보다는 자개를 붙이는 작업에 집중하는 편이 정신 건강에 좋다. 점점 더 추워지고 점점 더 건조해질 테니 마음을 단단히 먹고 여유를 가져야 한다.

11월,
기다리던 첫눈이 온다

세상일이란 참 묘하다. 높은 습도와 푹푹 찌는 무더위를 견디기 힘들어하여 여름을 좋아하지 않던 내가 작업하기 가장 좋은 계절이 여름인 나전칠기 공예를 하고 있다니 말이다. 여름에는 집에서 시원한 거실 바닥에 배를 깔고 드러누워 선우정아 노래 가사처럼 "뒹굴뒹굴, 데굴데굴~" 하는 것이 제일 어울리는 인간인데 말이다. 그렇다고 내가 호리호리한 몸매를 가진 그런 사람은 아니다. 외모로만 보면 분명 힘깨나 쓸 것 같은 인상이고 실제로도 힘을 잘 쓴다. 나는 40대 이후로는 입맛이 없어본 적이 없다. 이렇게 쓰고 보니 조금 부끄럽기는 하다. 자주 술을 마셔 가끔 위가 탈이 나기는 하는데, 그것 말고는 여름에 몸을 쓰는 데 크게 무리는 없다. 그래도 타고난 체질은 무시할 수 없는지 여름은 늘 몸이 조금 힘들었다.

더위에 잠을 못 자서 더욱 그런 듯하다. 날이 서늘해지는 가을부터 봄까지 몸을 열심히 쓴 뒤 여름에는 좀 유유자적 쉬면서 작업도 슬슬 하고 싶었다. 하지만 나전칠기의 천기(天氣)는 나에게 여름이니 파이팅하라고, 파이팅해야만 한다고 알려준다. 칠장 설비를 잘 갖추면 계절에 상관없이 일주일 정도면 옻칠이 다 마른다. 하지만 여름 장마철에는 어제 칠해놓은 기물이 오늘 다 말라 있다. 상황이 이렇다보니 정말 여름에는 파이팅해야 한다.

그래도 인간이 기계는 아니므로 쉼이 있어야 하고 찬찬히 자신이 하고 싶은 것에 집중해보는 여유시간이 필요하다. 또 일만 머릿속에 가득 채우고 있으면 안 된다. 사랑하는 이들을 더 오래 생각해야 한다. 매일 가족과 식사를 같이하며 대화하고 사랑하는 강아지와 고양이들을 만지며 서로 위로하는 시간이 필요하다. 나는 그렇게 생각한다. 그런 생활을 하기 위해 10년 동안 다니던, 파주 출판단지로 출근하는 일상을 멈추었다. 물론 사표를 던졌던 그 순간에는 일종의 쾌감 같은 것이 내 안에 있었다. 사표를 가슴에 품고 다닌다는 말은 나에게도 해당되는 것이었다. 순간적인 기분에 사표를 낸 것은 결코 아니었지만 앞으로 먹고살 돈을 다 마련해놓았다거나, 이후 어떤 일을 할지 생각해두었다거나, 이직할 회사를 정해놓은 그런 것도 아니었다. 일단은 퇴직금으로 살면서 조금 천천히 잘 생각해보자, 이 정도였다. 처음에는 앞서 말했듯이 전통 가구를 만드는 일을 하고 싶었다. 그래서 2017년 12월에 퇴사하고 바로 다음 해인 2018년에 소목 2년 과정을 한 해 동안 집중적으로 배우는 집중반에 등록했다. 그리고 전통 방식의 칠을 배우는 것이 소목을 하는 데 도움이 될 듯하여 나전칠기반에 등록했다.

소목이든 나전칠기든 배우는 초기 단계에는 비용이 상당히 많이 들어간다. 필요한 장비가 없으면 작업을 할 수 없기 때문에 먼저 사두고 작업을 시작해야 한다. 초기 투자비용이 꽤 큰 것이다. 소목의 경우에는 톱, 대패, 끌 일체, 각종 측정 장비와 나무를 구입해야 한다. 전통 공예 중 장비 구입비용이 가장 큰 분야가 소목이다. 소목에 비해서는 다소 적게 들지만 나전칠기도 만만치 않다. 특히 기물의 크기와 자개 디자인에 따라 들어가는 양이 차이가 있지만 자개와 옻칠은 일종의 소모품이기 때문에 작업을 하려면 계속 구입해야 한다. 최근에는 네일아트부터 바다낚시에 쓰는 루어를 만드는 데까지 여러 분야에서 자개를 사용하기 때문에 자개 값이 뛰고 있다. 옻칠도 마찬가지다. 그래도 생칠은 상대적으로 저렴한 중국산이 수입되어 퍽 다행이다. 국내산 생칠과 일본산 생칠도 있지만 가격이 만만치 않다. 특히 국내 원주에서 생산되는 생칠은 중국산 가격의 열 배가 넘는다. 그래서 원주산 생칠은 문화재 수리를 하는 데 주로 쓰인다고 한다. 언감생심 나는 원주산 생칠을 사서 쓸 엄두를 낼 수 없다.

나전칠기 공예를 하는 데 필요한 주자재에는 자개와 옻칠에 더해 기물이 포함된다. 기물은 자신이 원하는 디자인으로 만들어 쓰거나 백골로 누군가 만들어놓은 것을 살 수도 있다. 백골기물만 제작하여 파는 업체도 있다. 나는 거의 직접 만들어 쓴다. 소목을 했기에 그것이 당연하다고 생각한다. 하지만 내가 직접 만들 수 없는 것도, 혹은 만들 필요가 없는 경우도 있다. 그럴 때에는 구입하여 사용한다. 예를 들어 나무를 깎아 만들어야 하는 작은 그릇 같은 경우는 그냥 사서 하는 편이 낫기 때문이다. 기물을 직접 만들지 않고 사서 하는 경우 기물이 어떤 것이냐에 따라 달라지겠지만 가격이 상당히 비싸다.

소목과 각자를 배울 때 나무를 직접 사기도 했다. 통으로 큰 나무를 사서 일정 기간 말린 다음 제재한다. 어떤 용도로 쓸 것이냐에 따라 제재할 때 판재로 켤 것인지, 덩어리로 자를 것인지 달라진다. 판재로 켜는 경우라도 각자를 할 경우는 가구를 만들 때보다 두껍게 켜야 한다. 공예의 각 분야에 따라 선호하는 목재도 다르다. 소목의 경우는 목리가 아름답고 단단한 느티나무나 참죽나무, 소나무를 많이 쓴다. 화장목으로는 느티나무 둥치에서 나오는 용목이나 오동나무, 먹감나무를 주로 쓴다. 각자에서는 산벚나무, 소나무, 은행나무, 느티나무, 참죽나무 등 거의 대부분의 나무를 사용한다. 창호는 주로 소나무를 많이 쓰고 소반은 은행나무를 상판으로 주로 쓴다. 소목이든 각자든 예전에는 사용하는 수종이 더 다양했지만 지금은 구할 수 있는 수종이 줄어들었다고 하는 것이 정확한 표현이다.

그렇게 나무를 사서 몇 년을 말려 제재한 다음 다시 몇 년을 더 말려 나무가 휘거나 비틀어지지 않게 되었을 때 원하는 디자인에 맞게 기계로 각재나 판재로 재단하는데, 그때 쓸 수 없어 버려지는 양이 상당하다. 그렇게 재단된 각재와 판재로 기물을 만드는데, 그것을 틈 없이 제대로 만들려면 상당한 공력이 필요하다. 1, 2년 소목을 했다고 해서 할 수 있는 일이 아니다. 그렇게 만든 기물이니 당연히 비싸지 않겠는가. 나전칠기에 쓰는 나무 기물은 앞에서도 이야기했듯 나무를 원목으로 쓰지 않고 합판으로 사용하는 경우가 많다. 물을 자주 쓰면서 작업하는 특성상 생길 수 있는 비틀림이나 휘는 것을 막아 주기 때문이다. 합판으로 만든 기물은 가격이 원목보다는 비교적 저렴하다.

자개, 옻, 기물이 가장 중요한 자재지만 나전칠기에는 부자재로 필요한 것이 많다. 헤라라고 부르는 주걱, 거칠고 고운 정도에 따라 여러 단계(방)로 나뉘는 사포, 옻을 희석하는 테레빈유, 기물의 틈을 메우고 자개를 잘 고정시키는 데 필요한 소창 및 삼베 등 각종 직물, 자개를 붙이는 데 사용하는 아교, 칠하는 데 쓰는 붓, 기물 표면을 평평하게 메우는 데 필요한 토회, 소창 등의 직물을 붙이는 데 필요한 풀을 쓸 찹쌀가루, 여러 가지 용도로 사용하는 상사칼, 자개를 오리는 데 필요한 실톱, 자개를 다듬는 데 사용하는 줄. 이 모든 것이 한 기물을 만드는 데 필요하고 처음 공예를 시작할 때부터 모두 필요하다. 이 부자재들은 가격이 거의 고정되어 있고 크게 비싸지도 않다. 결국 가장 비용이 많이 들어가는 것은 주자재인 자개, 옻, 기물의 가격이다. 기물의 크기나 구조, 그리고 자개 디자인에 따라 비용이 많이 달라진다. 그럼에도 불구하고 소목에 비해서는 초기 투자비용이 적은 편이다.

아주 간단한 비교를 해보자. 소목 작업에 필요한 장비 중에서 가격대가 가장 다양한 것은 대패다. 처음 시작할 때는 비교적 저렴하면서도 평균적으로 중간대의 퀄리티로 작업할 수 있는 대패를 구입한다. 처음 시작할 때부터 아주 비싼 장비를 구입하는 사람은 거의 없다. 하지만 소목을 계속하다보면 더 좋은 장비에 욕심이 생긴다. 이른바 장비병이라고도 부를 수 있는 병이 도지는 것이다. 나도 처음에는 10만 원대의 평대패를 사서 썼다. 가구를 하나 만들고 난 뒤 처음 산 대패 가격보다 여덟 배에서 열 배가 넘는 대패가 사고 싶어졌다. 이 비싼 대패로 대패질을 하면 결과물의 퀄리티가 열 배 이상 좋아질 것 같다고 착각했다. 아주 즐겁게 대패를 질렀다. 하지만 대패질의 퀄리티를 좌우하는 가장 큰 요소는 작업자의 숙련도와 나무에 대한 이해도다. 대패는 살짝 거들 뿐이다. 물론 좋은 대패가 상대적으로 좋지 않은 대패에 비해 실수할 가능성을 줄여주는 것은 사실이다. 하지만 대팻날을 날렵하게 잘 갈 능력이 된다면 대패가 가진 한계를 넘어설 수 있다. 이야기가 조금 길어졌지만 하고 싶은 말은 이것이다. 이 비싼 대패를 하나 살 비용으로 나전칠기 작품 하나를 충분히 만들 수 있다.

나는 이렇게 돈이 많이 들어가는 소목, 각자, 소반, 창호, 나전칠기를 한 번에 같이 배웠다. 각자와 창호는 몇 년 일찍 시작했지만 퇴사한 다음해에는 이 모든 수업을 거의 일주일 내내 들었다. 퇴직금으로 받은 돈은 금세 바닥을 보였다. 수업료에 장비 구입비용, 나무 구입비용 등으로 통장에서 돈뭉치가 획획 빠져나갔다. 불안해지기 시작했지만 투자한 비용이 많아 멈출 수 없었다. '한 해 동안 이렇게 많은 돈을 들였는데, 그럼 내년은?', '투자한 만큼 돈을 벌 수 있나?', '그런데 1년 배우고 바로 무언가를 할 수는 있는 건가?', '그럼 몇 년을 더 투자해야 하는 걸까?' 이 질문들은 전통 공예에 대한 나의 태도 혹은 각오에 대한 질문으로 이어졌다. '난 이걸 업(業)으로 하려고 시작한 건가? 아니면 취미로 한번 배워보자는 거였나?', '지금 내 실력으로 이 일을 계속해도 되는 걸까?' 배우고 만드는 것 자체가 너무 재미있었기 때문에 계속하고 싶었지만 피하고 싶은 이 질문들은 끊임없이 머릿속을 어지럽혔다. 돌이켜보면 1년 동안 가산(?)

을 탕진한 뒤 2018년 12월 즈음의 나는 미래에 대한 두려움과 불안함으로 내내 불면의 밤을 지새웠던 것 같다. 그러다 아주 우연히 그 불안함을 돌파할 수 있었다.

당시 내가 살던 집 근처에 살던 언니 집 지하의 창고 공간이 비었다. 그곳을 조카아이들이 작업 공간으로 쓴다고 직접 청소하고 벽지랑 바닥 정리를 해놓고 쓰지 않고 비워두고 있었다. 그때 나는 3년 차인 전문반까지 마치고 각자반을 수료한 상태여서 전통공예건축학교 각자반 공방에 두었던 내 나무들을 옮겨둘 공간이 필요했다. 앗싸! 언니에게 사용 허락을 받고 나무와 장비를 모두 옮겼다. 처음에는 그저 짐을 둘 공간으로 쓸 요량이었는데, 혼자서 작업하기에 충분할 정도여서 작업대로 쓸 책상은 물론 대패질을 할 수 있는 탁자뿐 아니라 여러 장비도 들였다. 그렇게 나만의 작업실이 생겼다.

공방 혹은 작업실을 갖기란 쉽지 않다. 그래서 대부분은 여러 명이 공동으로 사용하는 공방을 마련하는데, 마음이 맞는 사람도 찾아야 하고 마음에 드는 공간도 찾아야 한다. 여러모로 어렵다. 그런데 나는 그런 작업실을 아주 쉽게 갖게 된 것이었다. 불안감이 완전히 사라지지는 않았지만 작업 공간이 생겼으니 이제는 무언가를 만들기만 하면 되지 않을까 싶었다. 할일이 있으면, 할 수 있는 일이 있으면, 할일을 찾을 수 있으면, 하고 싶은 일을 할 수 있으면 불안감은 관리가 가능해지는 것 같다. 당장 바로 돈을 받고 팔 수 있는 일은 적겠지만, 아니 거의 없을 수도 있겠지만 하나씩 하나씩 하다보면 길은 열릴 것이다. 그렇게 믿었다. 그런 믿음을 갖기 위해서는 당장 돈을 벌 수 있는 주문을 받기보다 무언가 만들고 싶은 것이 있는지가 더 중요했다. 배우기는 했는데 무엇을 만들 수 있을지 모르겠고, 무엇을 만들고 싶은지도 모르겠다면 그 일은 하지 않는 편이 낫지 않을까 생각한다. 다행히 나는 만들고 싶은 것이 많았다. 그리고 그것은 판매 목적이 아니었어도 작품을 만들어주고 싶은 확실한 대상이 있었다. 그냥 재미있을 것 같아 한번 만들어보는 식으로는 작업하지 않았다. 구매를 해줄 사람이든 선물로 줄 사람이든 누구에게 갈 작품인지 정해져 있어야만 디자인을 잘할 수 있다고 나는 믿는다. 그래야 포기하지 않고 작품을 완성할 수 있으니까 말이다. 물론 그 작품을 주문하거나 선물하고 싶은 사람이 없는 경우에도 만들 때가 있었다. 그것은 나 자신을 위해 만든 것이었다. 팔 생각도, 선물할 생각도 없었다. 그래도 나 자신을 위해 작품을 만들기까지는 제법 시간이 오래 걸렸다. 디자인이 머릿속을 맴돌며 당장 시작하고 싶어 몸이 근질근질했던 나를 위한 작품은 작가생활을 시작하고 4년 만에 할 수 있었다.

　나만의 작업실을 갖고 가장 먼저 했던 작업은 나전칠기 작업이 아니었다. 그곳에서 첫 작업은 내 오랜 단골 술집이었던 '유락'을 위한 각자 작품이었다. 서울 봉천동에 있던 유락은 2019년이 장사를 시작한 지 20년이 되는 해였다. 문을 연 뒤 3개월쯤 되었을 때부터 유락에 다니기 시작했던 것 같다. 정말 문턱이 닳도록 그 집을 드나들었다. 남편과의 연애도 그 집에서 술을 마시면서 했다. 어떨 때는 일주일에 여덟 번을 가기도 했다. 30대 초반부터 50대 초반까지 내 20년을 함께했던 술집이었다. 나이대가 비슷한 사장님과 친구가 되어 낚시도 함께 다니고 새벽까지 술을 마시다 노량진수산시장으로 같이 장을 보러 가기도 했다. 내 20년 동안의 연애사를 다 꿰고 있는 사장님이었고 나는 그 집의 1호 알바부터 최근 알바까지 모조리 알고 있는 단골 중의 단골, 이른바 넘버원이었고 최고(最古)의 단골이었다. 20년은 기념해야 할 숫자가 아닌가! 그래서 유락을 위한 작품을 하나 만들기로 했다. 가게 이름인 '有樂'을 전서로 나무 한 판에 양각으로 새기고, 그보다 작은 나무 판에 내가 전하고 싶은 마음을 담은 글귀를 써서 음각으로 새기고, 아주 작은 나무에 내 낙관을 음각으로 새겼다. 그러고는 큰 나무판에 이 세 개의 나무가 들어갈 자리를 잡아 금을 긋고 그곳을 끌로 판 뒤 세 개의 나무를 박아 붙였다. 지금까지 즐거움이 가득했던 유락의 20년이라는 시간이 이후로도 20년, 30년 더 이어지기를 바라는 마음으로 마무리칠은 색옻칠로 했다. 바탕은 주황색으로 하고 양각으로 새긴 '有樂' 글자에는 진한 녹색으로 칠했다. 처음에는 바탕색을 파란색으로 칠했다가 글자 색이 잘 보이지 않아 주황색으로 덧칠했다. 칠을 하고 말리고, 사포질하고 다시 칠을 하고 말리고, 사포질하는 작업을 여러 번 반복한 뒤 마무리 광내기 작업까지 끝내서 작품을 들고 유락으로 가 사장님께 처음 보여주었을 때 사장님이 지었던 표정이 아직도 기억난다. 너무 좋아하여 나 역시 정말 기뻤다. 가게에서 가장 잘 보이는 위치에 걸고 우리는 함께 기념사진을 찍었다. 사장님은 작업비까지 주었다. 하하, 그것이 참 기분이 좋았다. 무언가 내 작품이 인정을 받는 기분이 들었다. 유락은 높아지는 임대료 때문에 3년 전

가게를 옮겼다. 내가 쉽게 가기 어려운 먼 곳으로 말이다. 너무 슬프다. 그곳에도 내가 만든 작품이 걸려 있다. 내 마음도 거기 함께 걸려 있다.

그렇게 첫 작품이었던 '유락'을 끝내고 몇 개의 각자 작업을 주문받아 더 했다. 광주에 사는 동생이 다니는 퀼트공방의 현판 'SUNI'와 남편 친구가 새로 개업하고 얻은 사무실에 걸어둘 '의식주통(衣食住通)'을 만들었다. 사실 내가 전통 공예 작업으로 처음 주문받은 것은 한 해 전인 2018년이었고 그것은 선배의 결혼선물로 줄 작은 서안이었다. 작업할 느티나무를 구하는 동시에 재단하기 위해 파주에 공방을 갖고 있는 다른 선배에게 갔다. 정해둔 사이즈에 맞추어 기계로 재단하여 서울 선정릉역 근처에 있던 각자반 공방으로 가져가 몰래 작업했다. 당시에는 내 작업실이 없었기에 수업이 없는 평일 낮 시간대에 가서 작업했다. 그때까지만 해도 나는 전통가구를 만드는 소목을 업으로 삼았으면 하는 바람을 갖고 있었다. 그렇기에 내가 적극적으로 나서서 결혼선물로 작은 서안을 만들어주면 어떻겠는지를 피력했고 모두 내 의견에 찬성하여 서안을 만들게 된 것이었다. 소목을 계속하고 싶다는 마음은 그때도, 지금도 여전하지만 무언가 우연 같은 일이 생겨 내가 가려던 길의 방향이 살짝 바뀌었다. 앞서 이야기했던 대로 선배가 나전칠기 작품을 주문한 일이었다. 그 주문을 받았을 때는 '유락'과 'SUNI', '의식주통'을 끝낸 직후였다. 다음으로 무엇을 할까를 고민하던 시기였는데, 나전칠기 주문을 받은 것이었다.

선배가 주문한 '문천뢰' 작업을 하면서 소목과 나전칠기에 대한 내 생각은 점점 바뀌었다. 소목을 업으로 계속하고 싶었고 내가 만든 전통 가구에 마무리칠도 전통칠로 하는 편이 좋을 듯하여 나전칠기를 배운 것이었다. 그런데 '문천뢰' 작업을 하는 1년 넘는 시간 동안 내가 할 수 있는 것과 내가 할 수 없는 것에 대한 기준을 잡게 되었다. 소목은 기본적으로 가구를 만들기 때문에 작업실 규모가 커야 한다. 기본적으로 갖추어야 할 기계 장비도 많다. 작업실 유지비용이 많이 들기 때문에 소목을 하는 이들은 대부분 공동으로 사용하고 비용을 나누어 내는 공방 형태로 작업실을 마련한다. 내가 소목을 배운 뒤 바로 들어갈 수 있는, 자리가 남은 스승님 문하의 공방이 없었다. 제자들 몇 명이 공동으로 출자하여 새로 공방을 만들어야 하는 상황이었다. 하지만 바로 그때 나는 작업실을 갖게 되었다. 하지만 소목을 하기에는 턱없이 작은 공간이었다. 내 작업실이 있는데, 새로 공방을 만드는 것은 낭비 같았다. 한편으로는 내가 소목을 잘할 수 있을까에 대한 의구심도 컸다. 스승님으로부터 쭉 이어져 있는 긴긴 선배들의 행렬에 내가 실력으로 들어갈 수 있을지도 자신이 없었다. 무엇보다 전통 가구를 새롭게 디자인할 아이디어가 궁했다. 그에 비해 나전칠기는 더 만들어보고 싶은 자개 디자인 아이디어가 자꾸 떠올랐다. 나한테는 나전칠기가 더 잘 맞다는 생각이 들었다. 백골기물을 소목 전통 기법으로 만들고 그것에 옻칠을 하고 자개를 디자인하여 붙이는 일을 내가 직접 다 하는 것이라면 소목과 나전칠기를 함께하는 것이니 소목을 계속하고 싶다는 바람을 실현하는 것이나 다름없지 않은가. 그렇게 마음은 절로 나전칠기로 향해 나아갔고, 그렇게 시작한 자개 디자인을 내 마지막 업이라 생각하며 계속하고 있다.

하지만 여전히 마음의 부침은 생긴다. 나는 언제쯤 상칠을 항상 한 번에 끝낼 수 있을까? 나는 언제쯤 온전히 자개 디자인만으로 털뭉치 가족을 부양할 수 있을까? 계속하다보면 언젠가는 상칠과 광내기를 한 번에 완벽하게 할 수 있는 날이 올 것이다. 계속하다보면 내 작품을 주문해주는 사람이 많아질 테고, 그러다보면 내 작품 가격을 올릴 수 있는 날도 올 것이다. 그렇게 믿으며 천천히, 하지만 포기하지 않고 계속한다. 나전칠기 공예는 천천히 가는 법을 배우게 한다. 기다림의 연속이다. 지치지 않고 꺾이지 않고 싶다. 때가 되면 내 기다림을 위로하듯 첫눈이 내릴 것이다. 그리고 그 눈은 온 대지를 하얗게 감쌀 것이다. 그리고 그 눈은 다가올 봄에 녹아 대지를 촉촉하게 적셔줄 것이다. 바라고 바라던, 기다리고 기다리던 첫눈이 11월에는 내릴 것이다.

12월,
백제 산수문전 속 구름

보물로 가득한 곳이 있다. 박물관과 미술관이다. 서울에
있는 국립중앙박물관, 서울공예박물관, 국립고궁박물
관, 국립민속박물관, 간송미술관 등부터 전국 각지에 수
많은 박물관과 미술관이 있다. 그곳에 가면 상설전시장
부터 기획특별전을 하는 전시장까지 다양한 보물과 유
물이 있다. 그곳에 가면 언제나 기가 질린다. 전에는 그
저 아름다움을 느끼고자 하는 단순한 관람객으로 갔기
에 아름다움을 느낄 수 있는 유물을 만나는 것에 만족했
지만 전통 공예를 시작한 뒤로는 전시된 국보급 보물들
을 보면 내가 도저히 닿을 수 없는, 거의 천상의 경지를
마주하고 있는 것 같아 나 자신이 한없이 초라해지는 기
분이 든다. 전에는 잘 보지 않았던 기예(技藝)의 측면에
서 보물들을 보게 되는 것이다. 그럴 때는 '내 작품이 박

물관이나 미술관에 전시되는 일은 절대 없겠군!'이라는 생각을 하게 된다. 때로는 '운이 좋으면 유물을 전시하는 박물관에는 한 500년쯤 뒤에 전시될 일이 있을 수도 있겠네!'라는 우스운 생각도 한다. 그 생각을 하는 내가 왠지 엄청 부끄러웠다. 하지만 그런 날이 언젠가 오면 부끄럽지만(나는 죽은 뒤니까 부끄러워하지도 못하겠지만) 참 좋겠다라는 마음이 드는 것도 사실이다(속마음을 이렇게 쓰고 보니 진짜 부끄럽다). 아무튼 지금 내가 하는 이런 생각은 부질없는, 쓸데없는 잡생각일 뿐이다. 죽을 때까지 노력하고 노력해도 내가 바라는 그 어떤 높은 기예의 경지에는 가닿기 힘들 수도 있다. 쓸데없는 잡생각을 할 시간에 날마다 열심히 노력하는 것이 맞을 것이다.

박물관이나 미술관에서 내 마음을 흔드는 유물을 만날 때가 있다. 처음 볼 때부터 마음을 지독히 흔드는 유물도 있고 오래 지나서 갑자기 마음이 서서히 움직이더니 계속 생각나는 유물도 있다. 모르고 볼 때는 아무 감흥이 없다가 답사를 따라가 선생님의 멋진 해설을 듣고 제대로 보이는 유물도 있다. 전시관을 휙 지나가려다 눈에 툭 들어와 갑자기 앞에 서서 몰입하게 되는 유물도 있다. 오래전부터 꼭 보고 싶어하기만 하다가 기어이 볼 기회가 생겨 실물 영접을 하며 오래도록 보는 유물도 있다. 누구나 나처럼 유물을 그런저런 과정을 거치며 바라보고 마음에 품을 것이다. 어떤 때는 기예가, 어떤 때는 만든 옛사람의 마음이 느껴진다. 요즘은 마음을 흔드는 작품을 보면 그것이 백자든 청자든 불상이든 그림이든 조각이든 그 밖의 다른 무엇이든 그 작품을 자개로 디자인해볼 궁리를 한다.

나는 이상하리만치 전통 나전칠기 유물을 보면 별다른 감흥이 없었다. 고향집에 있는, 엄마가 가장 아끼시던 자개장롱 앞면에는 봉황, 용, 학, 공작, 십장생 등이 가득 채워져 있었다. 박물관에 있는 나전칠기 유물도, 엄마의 자개장롱도 그것이 만들어진 당시에 살았던 이들의 미감을 반영한 것이다. 멋지고 아름답기는 한데, 내 마음이 움직이지는 않았다. 미감은 시대마다 다르고 계속 변한다. 100년 전, 50년 전, 30년 전, 10년 전 사람들을 움직이던 미감이 오늘을 사는 사람들을 움직이는 미감과 어찌 똑같겠는가. 하지만 나전칠기의 매력은 시대와 시간을 초월하여 사람들의 마음을 움직이니 나 같은 사람도 자개 디자인을 한다고 설치고 있는 것일 터다. 나는 옛 디자인을 그대로 재현하거나 모사하는 작업은 마음이

동하지 않았다. 마음이 가는 유물을 내 나름대로 재해석하는 데 더 재미를 느꼈다.

충청남도 부여군 규암면 외리의 옛 절터에서 출토된 백제 사비성 시대의 유물인 문양전(文樣塼) 중에서 산수(山水) 문양이 있는 '산수문전'은 국립중앙박물관에 소장되어 있다. 출토 당시 다른 문양이 있는 여덟 개의 벽돌이 함께 발견되었다. 그 여덟 개 중 하나인 '산수문전'은 높고 깊은 산속 기암괴석과 그 바위 위에 우뚝 서서 곧게 자라는 소나무들, 용이 나는 듯한 구름이 새겨진 벽돌이다. 이 '산수문전'의 사진을 처음 보았을 때를 기억하지 못할 정도로 처음에는 별 감흥이 없었다.

언제부터였는지 나전칠기 유물 중에서 산수를 표현한 작품이 마음에 들어오기 시작했다. 조금 구식이라고 생각했던 모조법도 그때쯤부터는 꽤 매력적이라는 생각을 하게 되었다. 공예를 계속하다보면 멋모르고 할 때 구닥다리 같다고만 생각했던 전통 기법에 점점 매력을 느끼게 되는 일이 생기는 것은 어쩌면 당연한 일일 터다. 그 기법들이 나올 수밖에 없었던 이유 같은 것이 이해되기 시작하고, 그 기법이 최상의 수준으로 구현된 것을 보게 될 때 탄성을 내뱉을 수밖에 없는 것이다. 만드는 사람의 눈에는 그냥 감상만 하는 사람이 보기 힘든, 다르게 보이는 것이 생기기 마련이고 말을 듣지 않는 몸을 써가며 작업하다보면 그것이 얼마나 노력해야 얻을 수 있는 수준인지 자연히 알게 되기 때문이다. 그렇게 새로이 매력을 느끼게 된 기법은 써보고 싶고 새로이 매력을 느낀 대상을 자개로 표현해보고 싶은 욕구가 생기는 것이다.

나는 '산수문전'에 새겨진 구름 문양에 관심을 갖게 되면서 '산수문전'을 자세히 보게 되었다. 구름, 안개, 눈보라, 태풍, 바람과 같이 대기 중에서 움직이며 마구 형체를 바꾸는 그것은 언제나 나에게 매력 가득한 도전 대상이다. '산수문전'에 새겨진 구름은 이상적인 산수풍경에 있을 법한 모습이다. 마치 용이 하늘로 승천하면서 꿈틀대는 모습을 구름으로 표현한 것 같다. 그런데 갑자기 궁금해졌다. 이것은 분명 진경(眞景)이 아니라 이상 세계를 표현한 것이므로 현실의 계절을 따지는 것은 별무소용일 터다. 하지만 지금을 사는 내가 이것을 자개로 표현하려 한다면 내가 이 풍경을 이해하고 그 풍경 속에 내 마음을 담아야 한다. 과연 이 구름은 여름 구름인가, 겨울 구름인가, '산수문전'의 풍경은 여름 풍경인가, 겨울 풍경인가를 알아야 나도 내 마음을 담을 수 있다고 생각했다. 나는 여름을 별로 좋아하지 않고 겨울을 아주 좋아하니 말이다. 내가 좋아하는 계절에 따라 마음을 담는 것이 달라진다는 말은 농담이고 내가 그 '산수문전' 속 풍경에 들어가 바람과 햇살을 느끼고 기암괴석의 웅장함과 소나무의 푸르름에 압도당하든 어떻게든 감응해야 그 느낌을 표현할 수 있는 것이 아닌가. 일단 '산수문전' 속 풍경의 계절이 어떻게 보이는지, 아니 어떤 계절로 표현했는지 집작해야 했다. 그래서 시간이 될 때마다 따라다닌 박물관 답사를 진행했던 박찬희 선생님께 여쭤어보았다. "선생님, 백제 '산수문전' 말이에요. 제가 이걸 자개로 만들어보고 싶은데요. 선생님은 그 '산수문전' 속 계절이 뭔 것 같으세요?" 선생님은 "제 눈에는 여름으로 보여요!"라고 하셨다. 나는 "제 눈에는 겨울 같아요! 구름 말이에요, 구름이 제 눈엔 겨울 구름 같거든요." 사실 뜬금없이 '산수문전' 속 풍경 계절이 무엇이겠냐는 질문을 받은 사람은 질문을 한 사람을 '꽤 돌아이인데!'라고 생각하기 쉬울 것이다. 그런데 박찬희 선생님은 내 질문에 웃지도 않으시고 진지하게 답해주셨다. 그것만으로도 몹시 감사할 따름이다. 아무튼 선생님과 문답을 하고 나서 나는 곧 깨달았다. 내가 '산수문전' 속 풍경을 재현할 것도 아니면서 그 풍경의 계절이 무엇인지 아는 것은 그리 중요한 문제가 아님을 말이다. 그래서 나는 겨울 구름과 겨울 풍경으로 재해석하여 표현해 보기로 했다.

'산수문전' 속 풍경에서 계절에 따라 달라질 것은 구름밖에 없었다. 기암괴석과 소나무는 사시사철 웅장하고 푸르다. 달라질 것이 없는 것이다. 구름을 관찰하는 것을 좋아하는 사람이라면 당연히 알 테지만 구름은 계절마다 특징적인 모양이 있다. 여름 구름은 주로 대기권 낮은 곳에서부터 아주 높은 곳까지 마치 기둥처럼 솟아 있을 때가 많다. 뭉게뭉게 아래로부터 위로 피어오르는 여름 구름을 보고 있으면 마음이 절로 웅장해진다. 그 여름 구름은 신에게 가닿기 위해 인간이 쌓아올린 바벨탑처럼도 보인다. 여름 구름은 확실히 크기가 크다. 그래서인가, 여름 하늘을 보고 있으면 저쪽에는 우리 강아지 호세가 뛰어가는 듯도 보이고, 이쪽 편에서는 고래가 헤엄치고 있는 것 같기도 하다. 그에 비해 봄과 가을의 구름은 아주 얇게 어떤 패턴처럼 펼쳐져 있을 때가 많다. 개인적으로 가장 좋아하는 봄·가을 구름은 생선살 모양의 구름이다. 또 해가 질 무렵 석양빛에 물들어 마치 불새처럼 보이는 구름도 좋아한다. 사실 겨울에는 구름이 잘 만들어지지 않는다고 한다. 대기권 상층부에 고기압이 자리잡고 있어서 그렇다고 한다. 가끔 화살처럼 날아가거나 가는 실이 뭉쳐 꿈틀거리는 듯한 구름을 볼 때가 있다. 나는 왠지 그 구름 모양이 겨울이라는 계절에 가장 어울린다고 생각해왔다. 바람은 대기권 상층부와 하층부의 기압 차이에 의해 발생하는데, 겨울에는 차디찬 북풍이 불어온다. 차갑고 센 바람이 부는 날이면 얼굴이 따가울 때가 많은데, 볼을 때리는 그 바람은 마치 가는 실로 된 화살처럼 날아오는 것 같다. 그래서인지 가는 실이 화살 모양을 만들고 있거나 가는 실이 모여 꿈틀대는 것 같은 모양을 보고 있으면 겨울답다고 생각하는 것이다.

살아서 꿈틀대는 듯한 구름을 표현해보고 싶었다. 가로 15센티미터, 세로 7센티미터 정도의 작은 판재에 이 '산수문전'을 표현했다. 크게 만들면 멋있지 않을 것 같다고 생각했다. 우리가 흔히 보는 벽돌 크기로 만들어보고 싶었다. 마침 자개를 바로 붙이면 되는 단계까지 만들어놓은 작은 판재가 있었다. 만들고 싶어 마음이 급했던 나는 그 판재에 작업하기로 했다.

백제시대에 만들어진 유물 '산수문전'은 길이가 가로세로 30센티미터 정도로 거의 비슷한, 제법 큰 크기의 정사각형 모양이다. 내가 만들려고 둔 판재와는 가로세로 비율이 다르고, 크기도 달라 다소 원경(遠景)처럼 보이게 디자인했다. 사실 큰 것을 작게 만드니 원경처럼 보일 수밖에 없는 것이 당연했다. 기암괴석과 소나무들은 백제시대의 것을 따라했고 구름만 살아 움직이는 것처럼 역동성을 강조했다. 사실 백제시대의 문전도 매우 역동적이다. 하지만 그 역동성을 표현하는 선과 모양은 내가 느끼기에 다소 전형적이었다. 하늘에 용이 꿈틀거리고 있는 듯한 느낌을 주는 구름은 신선 세계의 그것이었다. 내가 표현한 겨울 구름은 화가 난 듯 눈썹을 치켜세우는 모습처럼도, 흥에 겨워 춤을 추는 모습처럼도 보인다. 그것을 의도하지는 않았지만 자개를 붙여놓고 보니 그렇게 보이는 것이다.

산수문전 작업을 끝내고 얼마 뒤 2년 넘게 작업을 계속해왔던 건칠화병에 자개를 붙여야 할 때가 되었다. 건칠화병은 두 개를 동시에 작업하고 있었는데, 하나는 표면을 매끈하게 만들어 앞에서 이야기했던 대로 향유고래 연작 중 하나를 디자인했다. 나머지 하나는 두께를 올리기 위해 감은 두꺼운 실을 표면에 그대로 노출하고 그 울퉁불퉁한 표면에 자개를 붙이려고 마음먹었다. 어떤 디자인으로 자개를 붙일까 고민하다가 국립중앙박물관 백자실에서 본 유물 하나가 떠올랐다. 그 유물은 『유물 즈』(코난북스, 2017)라는 책을 통해 처음 알게 되었고 국립중앙박물관 상설전시관을 주로 다니기 시작한 최근에야 비로소 실물 영접을 하게 되었다. 〈백자 끈 무늬 병〉은 표면에 그 끈 모양의 그림이 없었다면 매력적으로 느껴지지 않았을 것이다. 국립중앙박물관 사이트에 들어가 '백자 끈 무늬 병'으로 소장품을 검색해보면 다음과 같은 설명이 나온다. "조선 전기 백자 병 특유의 풍만한 양감과 곡선미를 보여주는 대표적인 예이다. 잘록한 목에 한 가닥 끈을 휘감아 늘어뜨려 끝에서 둥글게 말린 모습을 철화 안료로 표현하였다." 백자 모양은 주둥이 부분을 빼면 돈복을 많이 타고난 사람의 둥그런 코처럼 생겼다. 주둥이는 손으로 쥐면 그립감이 아주 좋을 것 같은 적당한 길이와 곡선을 갖고 있다. 술병으로 쓰면 딱 좋을 것 같다. 이 백자에 술을 담아 마시면 절로 신선이 된 것 같지 않을까? 가장 매력적인 것은 백자 표면에 그려진 끈 모양이다. 과연 이 끈은 무엇을 그린 것일까? 술병에 걸어 들고 다니는 용도로 쓴 끈인가, 아니면 긴 주둥이 부분이 허전할 것 같아 끈으로라도 둘러준 것일까?

난 그 띠 모양을 아직은 목이 허전하여 스카프를 매고 다니게 되는 봄날 살랑거리며 불어오는 바람에 살짝 날리는 스카프 모양으로 재해석했다. 실이 휘감겨 있는 화병 표면은 울퉁불퉁하여 자개를 붙이는 데 시간이 많이 걸렸다. 나는 상사기로 자른 백진주패를 끊음질로 이어붙였다. 자개를 다 붙인 뒤 실이 붙어 있는 표면에는 백옻칠을 칠했다. 내가 백옻칠을 한 것은 이 작품이 처음이었다. 백옻을 칠했지만 우리가 흰색이라고 알고 있는 그런 흰색은 나오지 않는다. 색옻칠을 한 경우 발색이 제대로 될 때까지는 꽤 오랜 시간이 걸린다. 광내기까지 작업을 다 끝낸 뒤 완성하고 몇 달을 두어야만 원하는 색을 제대로 얻을 수 있다. 백옻칠도 마찬가지다. 그리고 완벽하게 새하얀 색이 아니라 베이지색에 가까운 크림색이 나온다. 백옻칠을 칠한 뒤 일주일 뒤에 보면 갈색빛이 난다. 그 갈색이 점점 밝아지고 마지막에는 크림색으로 고정되는 것이다. 만약 전시회에 출품해야 하는 작품에 색옻칠을 하고 싶다면 완성을 서둘러야 한다. 적어도 전시회까지 두세 달 전에는 완성해야 그 두세 달 동안 서서히 원하는 색을 얻을 수 있고 고정되기 때문이다.

요즘은 전기의 〈매화초옥도〉를 자개로 표현하고 싶어 고민중이다. 어떤 기물에 할까, 그림 가득 피어 있는 매화는 어떻게 표현할까? 초가집과 초가집을 둘러싸고 있는 작은 언덕은 어떻게 표현할까? 그나저나 초가집 안에 앉아 있는 사람은 무엇을 하고 있는 것일까? 필시 그 사람을 만나기 위해 다리를 건너오고 있는 붉은색 옷을 입은 사람은 왜 붉은색 옷을 입었을까? 아니 화가는 그 사람의 옷을 왜 붉은색으로 칠했을까? 붉은색 옷을 입은 사람이 어깨에 메고 오는 것은 무엇일까? 이런저런 고민과 궁금증이 가득하다. 이 고민과 궁금증에 대한 나만의 답을 다 갖게 된 다음 각 부분에 적합한 자개를 선택하고 디자인을 세부적으로 어떻게 할지 아이디어를 구상하겠지. 그다음에는 디자인을 스케치한 뒤 자개를 오리고 부수어 기물에 붙이기 시작하겠지. 그렇게 내 〈매화초옥도〉를 만들 생각에 벌써 기분이 좋아진다. 무척 재미있을 것 같다.

나오며

머리를 쥐어뜯으며 본문 원고를 다 쓰고 이렇게 에필로그를 쓰는 순간이 온 것이 너무 기쁘다. 글을 쓰는 일이 이런 일인 줄은 알고 있었지만 석사 논문을 쓴 이후 너무나도 오랜만에 긴 글을 쓴다고 힘들었다. 논문은 연구대상을 연구대상화하는 능력과 이론적인 정교함 및 텍스트 분석력이 수준을 결정한다. 석사 논문을 쓰던 당시에는 누구누구 철학자나 이론가가 이렇게 저렇게 말했다를 늘어놓는 글을 쓰고 있을 뿐이 아닌가 싶어 글 쓰는 일에 회의감이 밀려와 정말 힘들었다. 그때 이후로 결심한 바가 있다. 완벽하게 내가 창작한 것이거나 내 몸으로 터득한 내용만을 글로 쓰겠다고. 누가 이렇게 이야기했네 하는 글은 절대로 쓰지 않기. 그것이 공예를 하는 사람이 그 일에 대해 글을 쓸 때 마땅히 취해야 할 태도라고 생각했기에 이 글은 더더욱 그렇게 쓰려고 노력했다. 그러다보니 근본이 없는 내용만 무성해졌다.

'날마다, 자개'라는 제목의 에세이를 쓰면서, 아니 에세이를 처음 써보면서 든 기분은 '아뿔싸! 내 바닥을 다 드러내 보이고야 말았구나!'라는 낭패감이다. 30년 은 족히 만나야 털어놓을 수 있는 속을 한 번에 다 보이 고야 만 기분이다. 쓰면서 자꾸 오글거리고, 부끄럽고, 도망치고 싶었다. 좋아하는 사람과의 밀당에 실패하여 나 혼자서만 밑천이 털리듯 내 마음을 쉬이 고백하고야 만 기분이다. 앞으로는 에세이 작가들을 모두 존경하겠 다고 마음먹는다.

그래도 다 썼으니까 기분이 좋다. 다 썼으니 이제는 정말로 '날마다 자개'를 해야겠다. 그동안 이 원고를 쓴 다고 날마다 하지 못했으니 말이다.

이 원고를 쓰라고 권유해주신 교유당 신정민 대표 님, 나를 공예의 세계로 이끌어주었던 각자반 이명찬 선 배님, 공예의 세계에서 든든한 스승님이 되어주셨던 대한민국 무형문화재 각자장 김각한 선생님, 소목장 박명배 선생님, 나전칠기장 이형만 선생님, 소목장 이수자 양석중 선생님, 배첩장 이수자 강성찬 선생님, 각자반 평산 선배님을 비롯하여 유무형의 도움을 주셨던 선배님들, 동기들, 후배님들 고맙습니다. 한국전통공예건축학교의 소은이 팀장님, 학교 다니는 내내 도와주셔서 고맙습니다. 무엇을 하든지 항상 응원해주는 가족과 남편 박영세 고맙습니다. 원고를 읽고 조언해주신 프랑스어 번역가 백선희 언니, 내 자개 디자인을 언제나 응원해주신 박찬희 선생님, 정홍수 선배님, 친구 임중혁 고맙습니다. 주문으로 내 공예생활에 응원을 보내주셨던 모든 주문자분 고맙습니다. 카페에서 원고를 쓰다 자꾸 혼잣말을 내뱉는 나를 다정하게 대해주셨던 성북동 빠뽕의 두 사장님 고맙습니다. 내 강아지와 냥이들 호세야, 불곰아, 큰곰아, 흑곰아, 불순아, 루시야, 대한아, 무성아, 무신아, 무선아, 담요야, 삼선아, 선우야, 범이야 내 털뭉치들 고맙다. 너희 덕분에 포기하지 않고 글을 다 썼다. 너희를 먹여 살려야 해서 절대 포기할 수가 없었단다. 그리고 갑자기 내 곁을 떠나 고양이별로 돌아가버린 무송아, 지켜주지 못해 너무 미안하고 이 별에서 다시 볼 수 없어 마음이 아프구나. 너를 잊지 않을게. 겨울과 눈과 태풍과 바람과 아름다운 꽃과 나무와 달과 별과 은하수와 우주와 고래와 벌과 구름과 안개, 이 모든 경이로운 자연이 없었다면 이 글도 없었겠지요. 고맙습니다. 앞으로도 더열심히 자개 디자인하겠습니다! 아자아자!!

날마다, 자개

공상과 상상, 오색찬란한 빛의 열두 달을 수놓다

초판 1쇄 인쇄 2023년 12월 4일
초판 1쇄 발행 2023년 12월 14일

지은이 강명효

편집 박민영 정소리 | 디자인 윤종윤 이주영 | 마케팅 김선진 배희주
브랜딩 함유지 함근아 고보미 박민재 김희숙 박다솔 조다현 정승민 배진성
저작권 박지영 형소진 최은진 서연주 오서영
제작 강신은 김동욱 이순호 | 제작처 천광인쇄사

펴낸곳 (주)교유당 | 펴낸이 신정민
출판등록 2019년 5월 24일 제406-2019-000052호

주소 10881 경기도 파주시 회동길 210
전화 031.955.8891(마케팅) | 031.955.2692(편집) | 031.955.8855(팩스)
전자우편 gyoyudang@munhak.com

인스타그램 @thinkgoods | 트위터 @think_paper | 페이스북 @thinkgoods

ISBN 979-11-92968-83-4 03810